W OCZEKIWANIU NA **GWIEZDNE WOJNY: PRZEBUDZENIE MOCY**

STAR WARS

UCIECZKA SZMUGLERÓW

PRZYGODY
HANA SOLO I CHEWBACKI

TEKST
GREG RUCKA

ILUSTRACJE
PHIL NOTO

TŁUMACZENIE
MACIEJ NOWAK-KREYER

EGMONT

Tytuł oryginału: *Star Wars. Smuggler's Run. A Han Solo and Chewbacca Adventure*

© & TM 2015 Lucasfilm Ltd.

All rights reserved. No part of this book may be reproduced or transmitted in any form or by any means, electronic or mechanical, including photocopying, recording, or by any information storage and retrieval system, without written permission from the publisher.

© for the Polish edition by Egmont Polska Sp. z o.o.
Warszawa 2015

Projekt: Jason Wojtowicz
Redakcja: Danuta Kownacka
Korekta: Tomasz Karpowicz, Tomasz Klonowski
Wydawca prowadzący: Agnieszka Najder
Redaktor prowadzący: Elżbieta Kownacka

Wydanie pierwsze, Warszawa 2015
Egmont Polska Sp. z o.o.
ul. Dzielna 60, 01-029 Warszawa
tel. 22 838 41 00

ISBN 978-83-281-1131-8

Koordynacja produkcji: Aleksandra Dobrosławska
Skład i łamanie: Beata Rukat/Katka
Druk: Colonel, Kraków

PROLOG 5

CZĘŚĆ PIERWSZA

ROZDZIAŁ 01: Spiesz się powoli 15
ROZDZIAŁ 02: Chluba IBB 29
ROZDZIAŁ 03: Co mogłoby pójść źle? 43
ROZDZIAŁ 04: Palące pytania 55

CZĘŚĆ DRUGA

ROZDZIAŁ 05: Jak pech, to pech 67
ROZDZIAŁ 06: Schwytanie 79
ROZDZIAŁ 07: Cel uświęca środki 91
ROZDZIAŁ 08: Wookiee i Rebelia 99

CZĘŚĆ TRZECIA

ROZDZIAŁ 09: Bez błędów, bez wyjścia 115
ROZDZIAŁ 10: Iskierka nadziei 125
ROZDZIAŁ 11: W uścisku Zaciekłego 137
ROZDZIAŁ 12: Szlachetne zamiary 145

EPILOG 165

Dawno, dawno temu w odległej galaktyce…

Trwa wojna domowa. Dzielni bojownicy o wolność z SOJUSZU REBELIANTÓW odnieśli swoje największe jak dotąd zwycięstwo: zniszczyli GWIAZDĘ ŚMIERCI – ostateczną broń Imperium.

Rebelianci nie mają jednak czasu, żeby cieszyć się sukcesem. Złowrogie Imperium Galaktyczne dostrzegło, że są dla niego zagrożeniem, i teraz w całej galaktyce szuka informacji, dzięki którym mogłoby unicestwić buntowników.

Załoga SOKOŁA MILLENNIUM, po tym jak podczas bitwy o Yavin ocaliła życie Luke'a Skywalkera, planuje zakończyć swój udział w Rebelii. HAN SOLO i CHEWBACCA czekają na odbiór nagrody z nadzieją, że dzięki niej spłacą swoje stare długi…

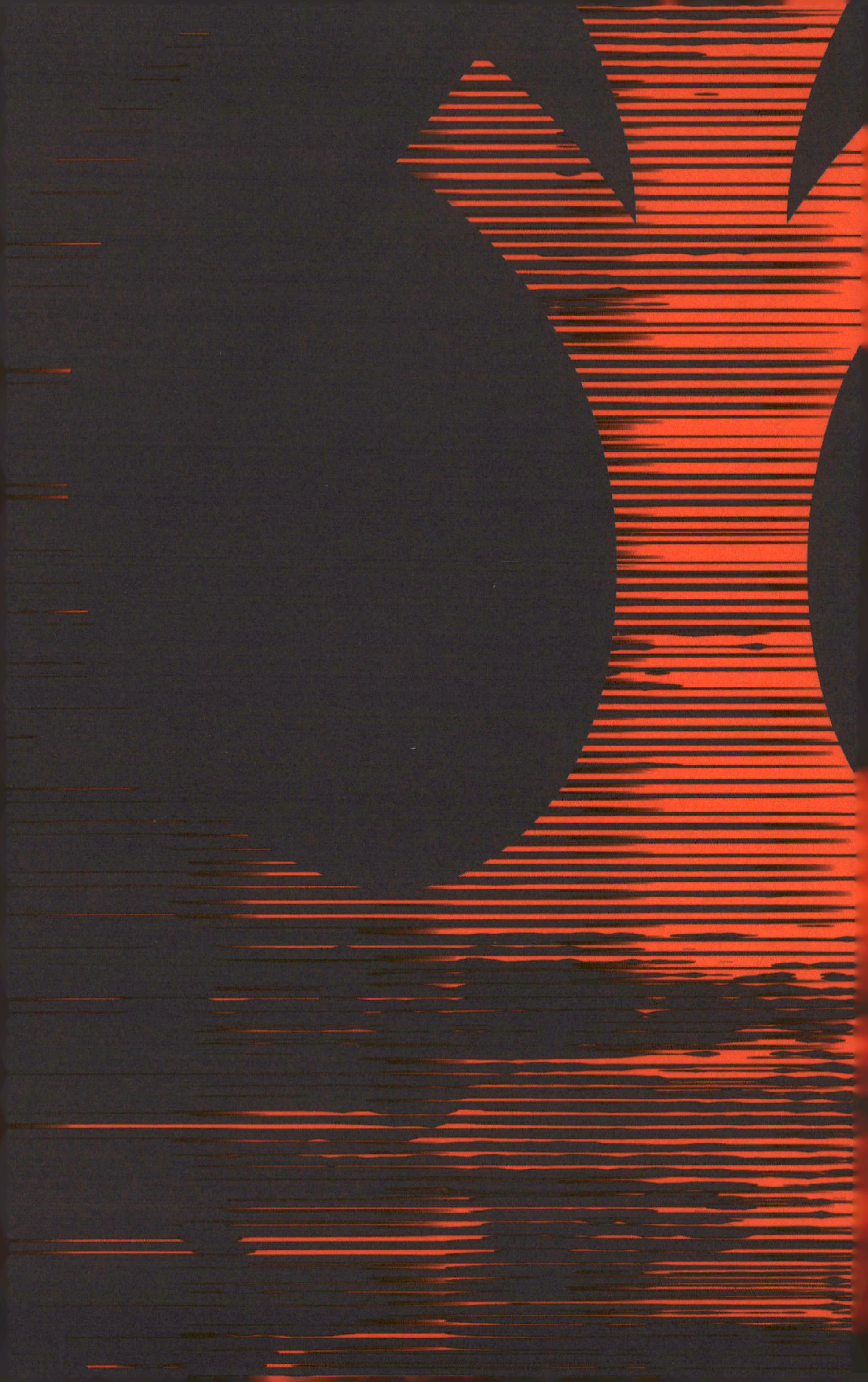

PROLOG

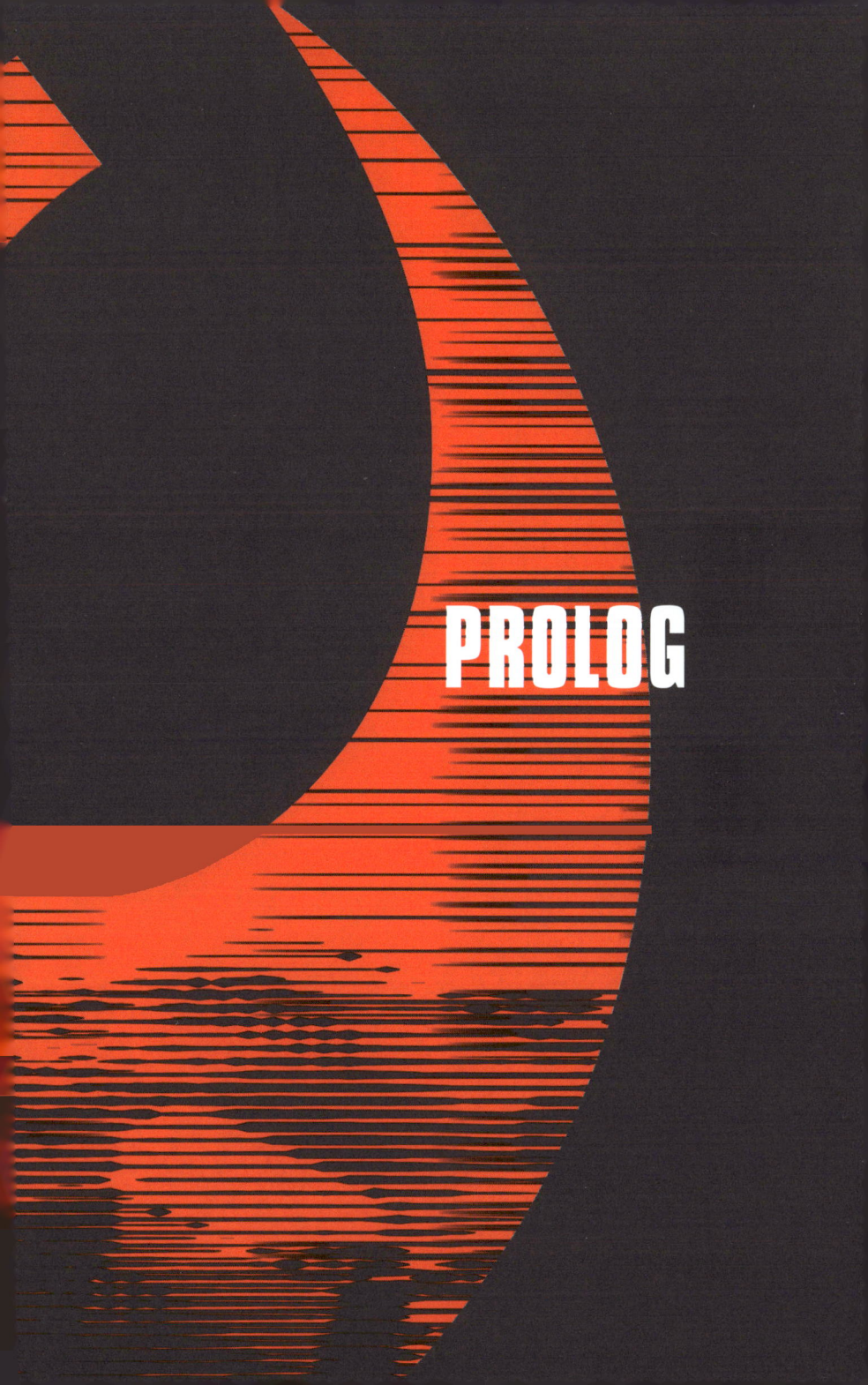

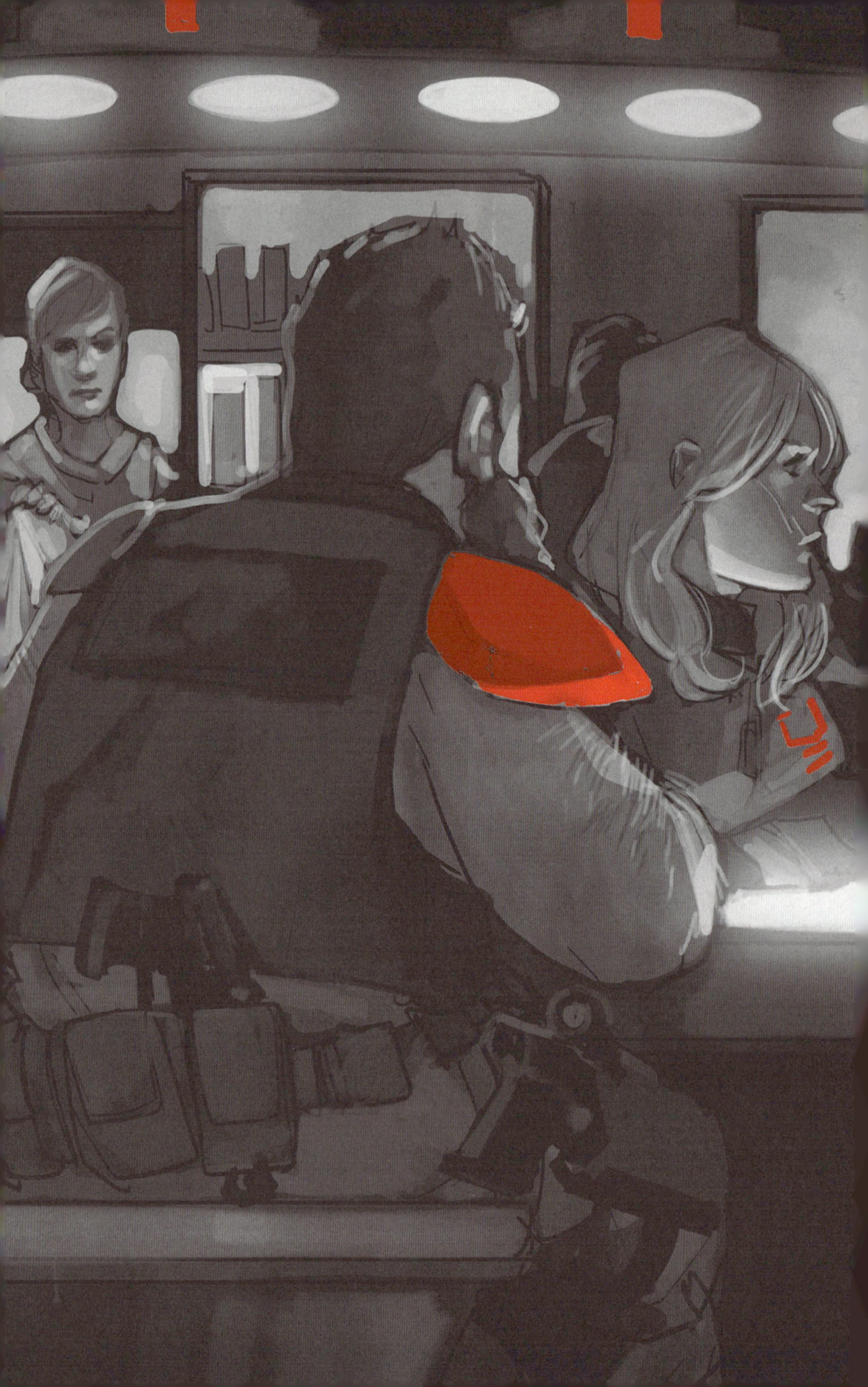

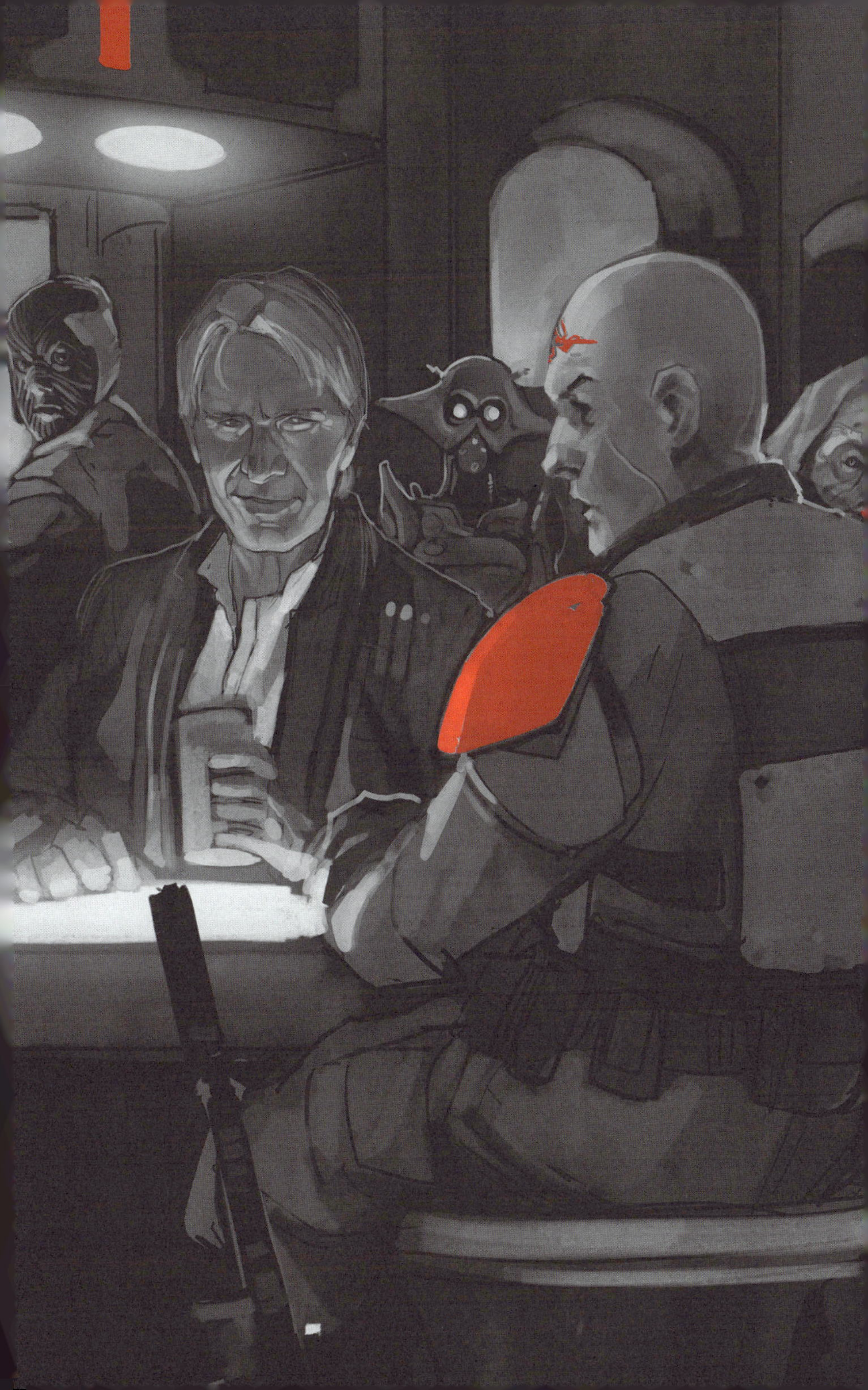

S TARY MĘŻCZYZNA siedzący w kantynie miał wiele lat praktyki w pochylaniu głowy i nadstawianiu uszu. Teraz jedno i drugie robił już od kilku godzin.

Bar nazywał się Szczęśliwy Traf. Wokół toczyły się ciche rozmowy, zarówno ze względu na miejsce, jak i innych gości. Mężczyzna wychwytywał tylko strzępki zdań albo pojedyncze słowa, wypowiadane prawie w każdym z galaktycznych języków. Niektóre z tych języków znał dobrze, innych – w ogóle. Ithorianin, który przyszedł niedługo po nim, siedział teraz przy stole z jakimś Dugiem i mówił z podnieceniem; głos buczał mu basowo – stary mężczyzna wyczuwał drgania nawet w swojej piersi. Gdzie indziej Bith, Neimoidianin i Advozse rozprawiali chyba o sprawach, których podsłuchania sobie nie życzyli. Dalej jakiś Twi'lek szeptał słodkie słówka do uszu Devaronianki.

Było w barze jeszcze troje ludzi: dwóch mężczyzn i jedna kobieta. Zjawili się pół godziny temu; zachowywali się tak swobodnie, jakby byli tutaj u siebie. Usiedli ze dwa metry za plecami starego mężczyzny. Pili właśnie trzecią kolejkę. Głośno rozmawiali. Ze swojego stołka przy kontuarze stary mężczyzna widział ich odbicie w lustrze za półkami baru, pełnymi zarówno rzadkich, jak i powszechnie dostępnych alkoholi.

— Szybkość — odezwał się jeden z mężczyzn. Miał czterdzieści kilka standardowych lat. Ubrany był, podobnie jak pozostała dwójka, w ciężką kamizelkę ochronną, do tego założył fragmenty starej zbroi z odzysku oraz niedopasowane elementy imperialnego munduru. Kamizelki ochronne nosiła zresztą cała trójka — w tym samym kolorze, z takimi samymi symbolami.

„Najemnicy — pomyślał stary mężczyzna. — Może gang jeźdźców śmigaczy, albo ktoś w tym rodzaju".

— I zawsze się na koniec okazuje, że właśnie o to chodzi — kontynuował przysadzisty. — Tylko o szybkość.

— Bzdury — odezwała się kobieta, najmłodsza z całej grupy, a sądząc po wyglądzie, najbardziej zapalczywa. Cała trójka nosiła broń, ale tylko jej zza pleców wystawał trzonek wibrotopora, a w kaburze na lewym boku spoczywał ciężki blaster. Miała jasne włosy, więc może dlatego staremu mężczyźnie przypominała kogoś, z kim miał do czynienia przed laty. Oczywiście chodziło o inną kobietę — ta była o wiele za młoda — jednak wspomnienia odżyły od razu, jak gdyby wszystko zdarzyło się wczoraj. — Pamiętacie Riggera? — zapytała kobieta. — Pamiętacie, co mu się stało? Pamiętacie Smugę?

— Ja pamiętam — odparł drugi mężczyzna, pod względem wieku mieszczący się gdzieś między przysadzistym a kobietą. Wysoki, barczysty, głowę miał ostrzyżoną do gołej skóry, przez co widać było tatuaż przedstawiający Twi'lekankę leżącą na brzuchu. Jej twarz, z ustami złożonymi do pocałunku, znajdowała się nad czołem osiłka. Kiedy stary mężczyzna przyglądał się odbiciu w lustrze, miał wrażenie, że postać z tatuażu z nim flirtuje.

– Więc nie chodzi o szybkość – skwitowała kobieta.

– Smuga była szybka – zauważył przysadzisty.

– Pewnie – odparł osiłek z tatuażem, dopijając drinka. – Jak walnęła prosto w ścianę kanionu, to pędziła, aż się kurzyło.

– Szybkość na niewiele się zda, jeśli brakuje sterowności – stwierdziła kobieta. – Trzeba statku takiego jak Pasmo Mgławicy, a może... Jak on się nazywał? Wiecie, o jakim statku mówię?

– Czarna Skrzynka? – odezwał się przysadzisty.

– Nie, nie... – Kobieta umilkła, skubiąc paznokieć, z tego, co zauważył stary mężczyzna, cały pokryty brudem. Nagle się rozpromieniła. – Czwarty Przelot! O ten chodzi! Podobno dałby radę stanąć przy kredycie i jeszcze wydać z niego resztę.

Wytatuowany parsknął i zerknął w swoją pustą szklankę.

Stary mężczyzna przy kontuarze wychwycił spojrzenie barmanki, a potem wskazał palcem własne naczynie, dając znak, żeby i jemu dolać. Barmanka uśmiechnęła się szeroko.

– Osłony – stwierdził wytatuowany. – Możesz być szybki, możesz być sterowny, ale prędzej czy później oberwiesz. Jak tego nie przetrzymasz, to już po zabawie.

– Nie można trafić w coś, czego nie da się dogonić – odparła kobieta.

– W końcu trafią – upierał się jej towarzysz. – Jak wyceluje w ciebie odpowiednio dużo dział, w końcu będziesz już tylko dryfującym złomem. I nieważne, jaki będziesz szybki, nieważne, ile będziesz kluczyć i skręcać. W końcu oberwiesz.

– To już wiemy, czego nam trzeba – stwierdził przysadzisty. – Statku, który ma te trzy cechy. Wszystkie trzy naraz.

Kobieta się zaśmiała.

– No to powodzenia. Takiego nie ma.

– Jest. – Przysadzisty pochylił się do przodu. – Wiesz, że istnieje taki statek. Ja wiem, że istnieje. Strater też wie.

Wytatuowany – przypuszczalnie Strater – potrząsnął pustą szklanką, jak gdyby z nadzieją, że sama magicznie się napełni, następnie pokiwał głową.

– Sokół Millennium – powiedział.

– Sokół Millennium – zgodzili się pozostali.

Stary mężczyzna westchnął. Na tyle głośno, żeby zwrócić uwagę całej trójki. Usłyszał zgrzyt przesuwanych krzeseł, kiedy tamci odwrócili się w jego stronę. Barmanka postawiła przed nim nowego drinka i zabrała prawie już pustą szklankę.

– Chcesz coś dodać, dziadku? – zapytała młoda kobieta.

Leciwy mężczyzna upił powoli łyk.

– Nigdy go nie dorwiecie.

Strater, ten wytatuowany, odchylił się na krześle.

– Myślę, że mamy większe szanse od ciebie, staruszku.

– Nawet jeśli go dorwiecie, nigdy nie dacie rady nim latać – stwierdził starzec, jakby w ogóle ich nie słuchał.

– Jeśli ma silniki, to damy radę nim latać. – Kobieta zaczynała się już irytować; starszy mężczyzna dostrzegał to na jej twarzy, widocznej w lustrze ponad ramieniem barmanki.

Barmanka rzuciła mu ostrzegawcze spojrzenie, jasno dając do zrozumienia, że nie ma ochoty sprzątać po nim bałaganu.

— Statek to więcej niż silniki, to więcej niż tarcze albo pancerz czy silniki manewrowe, hipernapęd albo cokolwiek innego. — Stary mężczyzna uniósł drinka, nie zwracając uwagi na barmankę, a potem obrócił się i wstał. — Statek to te wszystkie rzeczy, ale bez dobrej załogi jest niczym.

— Mówiłam już, że damy radę nim latać. — Kobieta przyglądała mu się podejrzliwie.

I znowu stary mężczyzna złapał się na tym, że ona kogoś mu przypomina, kogoś sprzed lat, kogoś z jednym okiem, które przyglądało się wszystkiemu podejrzliwie.

Stary mężczyzn przysunął sobie puste krzesło i usiadł między Straterem i kobietą, twarzą zwrócony w stronę przysadzistego. Uśmiechnął się szeroko, potarł bliznę na podbródku, drugą ręką podniósł szklankę. Wypił do dna.

— Nie dacie rady — stwierdził.

— I jesteś tego taki pewien? — zapytał przysadzisty.

— Bardzo.

— A dlaczego?

Stary mężczyzna odchylił się na tylnych nogach krzesła i rozejrzał po barze. Nikt inny ich nie słuchał. Ochroniarz przy drzwiach odwrócił się i obserwował wejście, drapiąc się łapą za uchem. Starzec obrócił w dłoni pustą szklankę, jakby rozważał kryjący się w niej potencjał albo użalał się nad jej pustką.

— Postawcie mi drinka — rzucił — a opowiem wam o Sokole.

Postawili mu drinka i słuchali.

CZĘŚĆ PIERWSZA

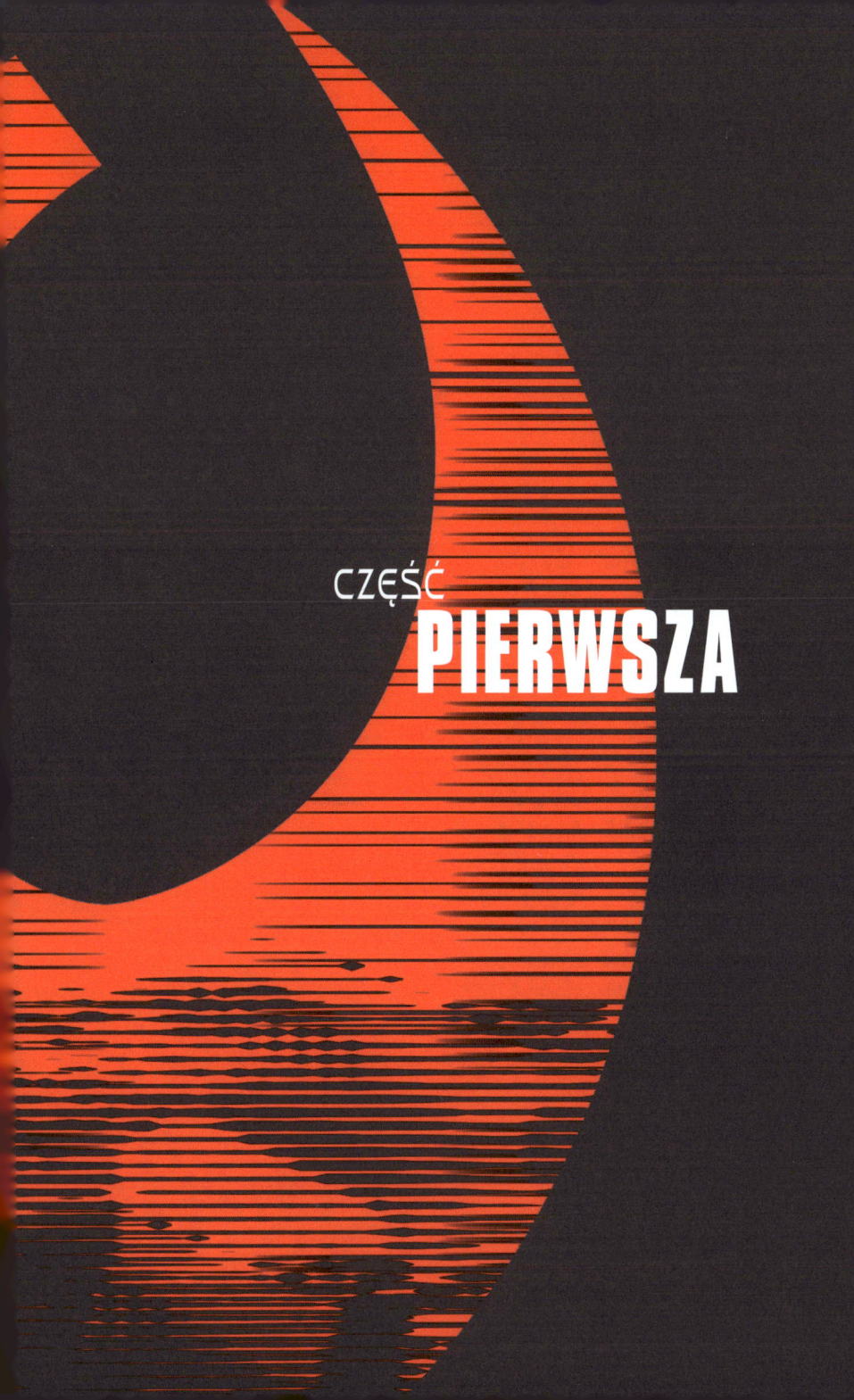

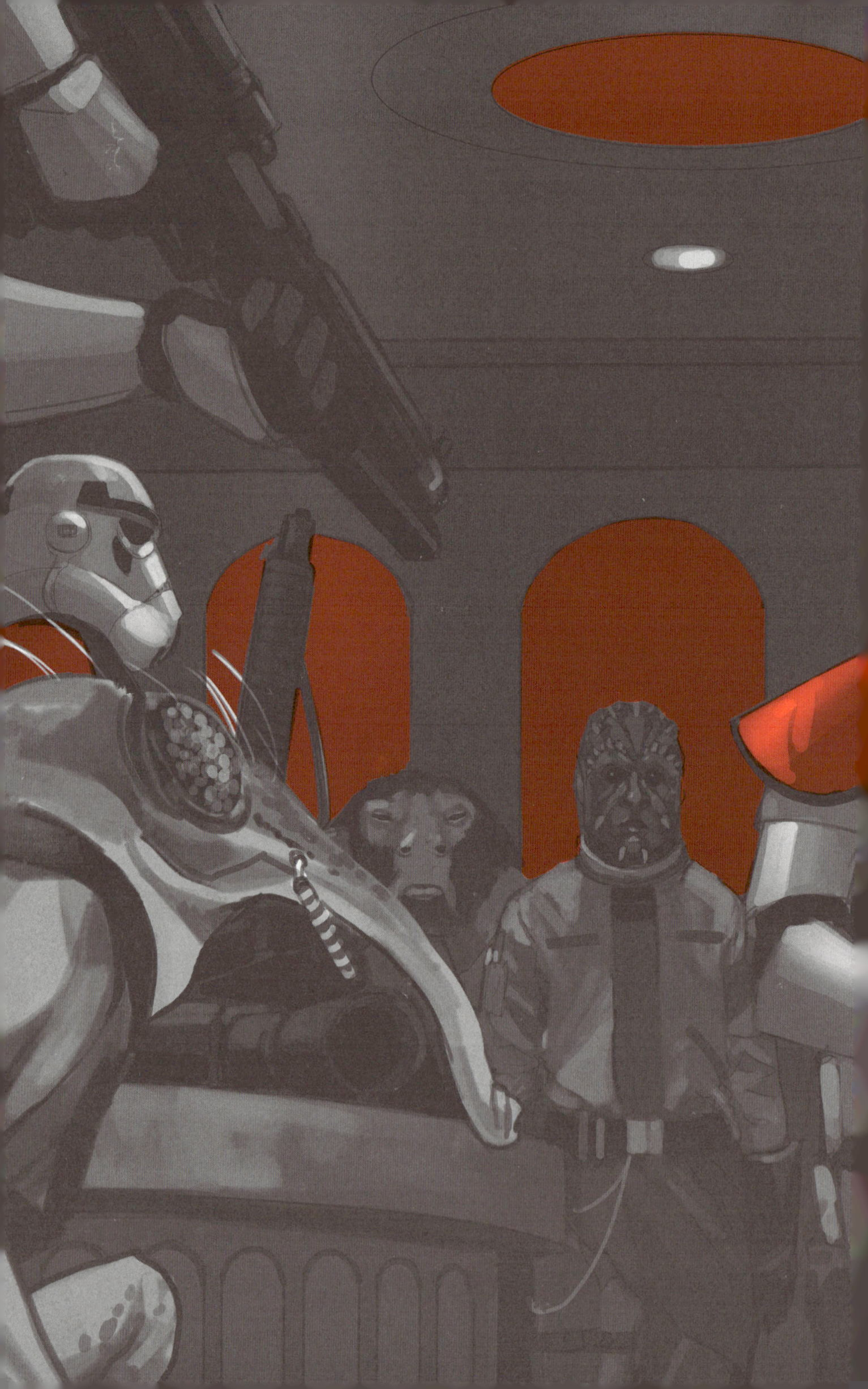

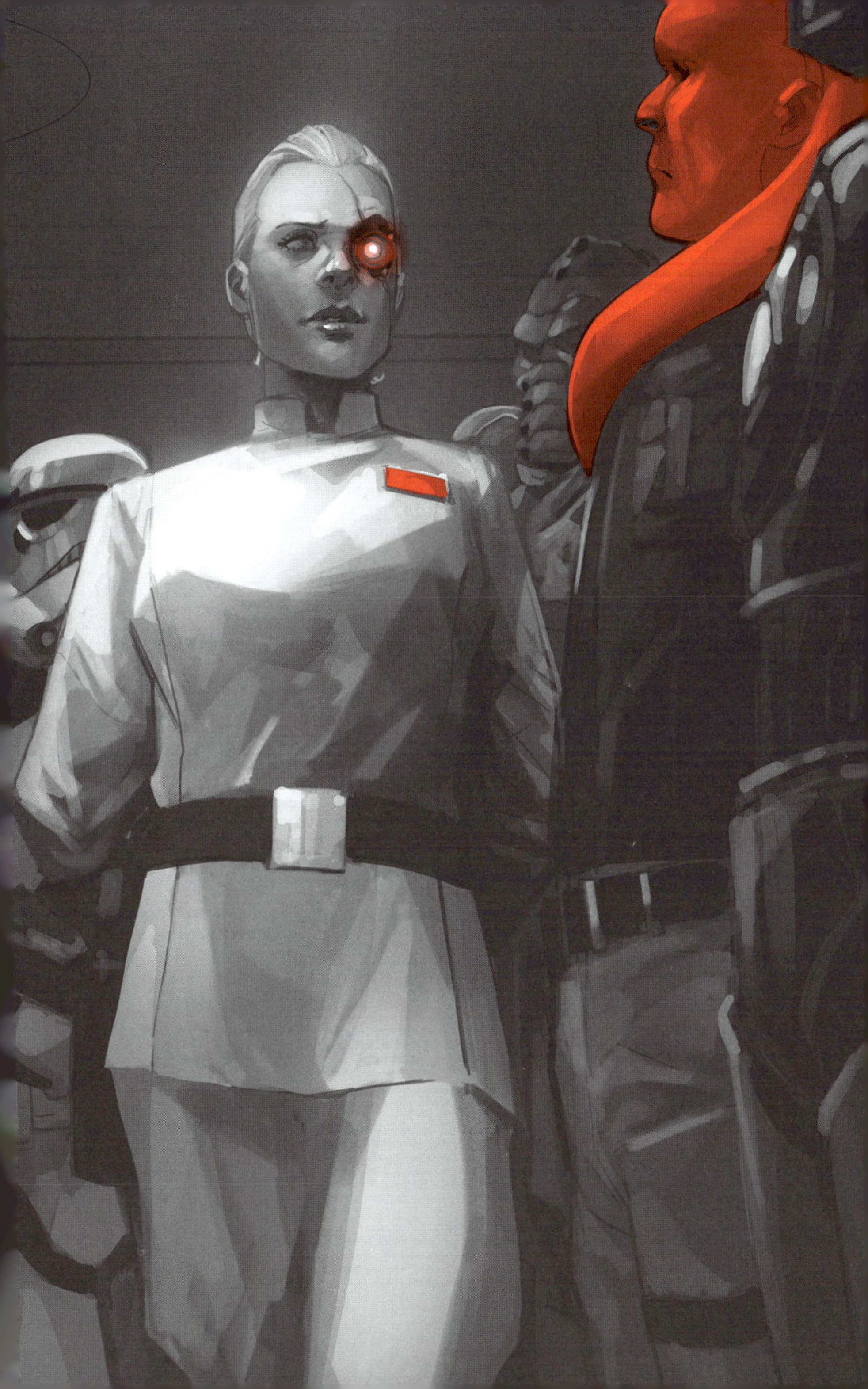

ROZDZIAŁ 01
SPIESZ SIĘ POWOLI

W OOKIEE WESTCHNĄŁ nisko i basowo, a potem spojrzał na medal w łapie. Na ludzkiej ręce wydawałby się on duży i solidny, w sam raz do zawieszenia na szyi. Na jego łapie skala się zmieniła: gdyby zacisnął palce, zupełnie by go schował. Była to całkiem ładna rzecz z naprędce wygrawerowanym stylizowanym kwiatem, mającym chyba przypominać godło Republiki. Na samym środku medalu widniało wschodzące słońce, do połowy skryte za horyzontem; symbolizowało ono świt nowej nadziei, która pojawiła się za sprawą zwycięstwa nad Imperium Galaktycznym, jak również przypominało o zniszczeniu Gwiazdy Śmierci.

Chewbacca westchnął ponownie, wciskając nagrodę do sakwy na bandolierze na amunicję kuszy energetycznej, przewieszonym przez lewe ramię, i pochylił się w fotelu, żeby wyjrzeć z kokpitu Sokoła Millennium. Na zewnątrz rebelianci biegali tam i z powrotem po hangarze: prowadzili pospieszną ewakuację. Baza na Yavinie 4 była – delikatnie mówiąc – spalona.

Po zniszczeniu Gwiazdy Śmierci mieli co najwyżej dzień, zanim przybędzie imperialna flota, która obróci w proch i pył wszystko, co tu zastanie. Podczas ataku na stację sprzyjało im szczęście, ale nie zamierzali liczyć na nie drugi raz. Z tego, co rozumiał Wookiee, plan polegał na tym, żeby bojownicy rozproszyli się po galaktyce w wielu kierunkach jednocześnie, a potem znowu zebrali w jakimś bezpiecznym miejscu.

Chewie parsknął sam do siebie, zastanawiając się, jak rebelianci w ogóle mają nadzieję przeżyć. Ich flota – a było to określenie bardzo na wyrost – już się rozpierzchła. Na czwartym księżycu Yavina pozostały tylko trzy myśliwce – dwa X-wingi i jeden Y-wing – które przetrwały bitwę, a do tego jeszcze trzydzieści kilka transportowców różnych kształtów, rozmiarów i pochodzenia, które swoje najlepsze lata miały przed upadkiem Republiki.

Chewie nie dawał rebeliantom zbyt wielu szans.

A jednak rozumiał ich zapał. Był przecież Wookieem, wiedział, co to cierpienie. Należał do dumnego ludu, który przez stulecia, aż do wojen klonów, żył spokojnie na lesistej planecie Kashyyyk. Kiedy był młodszy i miał tylko sto osiemdziesiąt lat, walczył przeciwko droidom bojowym separatystów. Widział zdradę klonów oraz początki Imperium. Widział także swój lud, swoich braci i siostry, swoją rodzinę, zakuwanych w kajdany, sprzedawanych jako niewolników po całej galaktyce. On też trafił w okowy – na samo wspomnienie z gardła wyrwał mu się ryk.

Rozumiał rebeliantów. Tak naprawdę stanąłby z nimi ramię w ramię, gdyby nie dwie sprawy: Korellianin i statek.

Żadnego z nich nigdy by nie opuścił. Był do nich przywiązany, a oni – do niego.

Han Solo nie wzbudził jego zaufania, kiedy spotkali się po raz pierwszy. Mówił szybko, był bardzo pewny siebie, wręcz arogancki. Wydawał się przede wszystkim skupiony na trosce o własne interesy. Solo nazywał takie podejście oświeconym egoizmem. „Stary, jeśli sam nie zadbam o swój dobrobyt w tej galaktyce, to nikt inny tego za mnie nie zrobi", tłumaczył.

A jednak Solo pokazał, że Wookiee źle go oceniał. Udowodnił mu, że się myli, kiedy obaj uciekli aż na Zewnętrzne Rubieże, żeby tam jakoś przetrwać wśród łowców nagród, piratów i szmuglerów, starając się przy tym utrzymać z pracy dla Huttów. Zresztą Han ciągle udowadniał, że Chewbacca się wówczas mylił, i jeśli do tej pory Wookiee nauczył się czegokolwiek o swoim przyjacielu i wspólniku, to tego, że nie sposób określić, czym on się przejmował ani dlaczego. Pomimo całej swojej aroganckiej pozy Han Solo miał złote serce, złote niczym medale, które dostali za udział w bitwie.

Komunikator na górnym panelu kontrolnym zajaśniał błękitem, wygrywając dziwaczną melodyjkę. Na innych statkach po prostu domagałby się uwagi natarczywym piskiem, jednak Sokół nie był taki jak inne statki. Kolejne dziwactwo i kolejny powód, żeby tak bardzo go kochać.

Właśnie, to była druga przyczyna – statek.

Kiedy chłopak z Tatooine, Skywalker, po raz pierwszy ujrzał Sokoła, wtedy, w Mos Eisley, nazwał go kupą złomu. Hana Solo to zabolało, jednak Wookiee rozumiał Luke'a. Oczywiście nie zgadzał się z nim, ale go rozumiał. Sokół wyglądał jak zwykły korelliański lekki frachtowiec typu YT-1300. W galaktyce latało takich tysiące, jeśli nie setki tysięcy. Jego kokpit – z przyczyn znanych tylko projektantom – zamiast pośrodku kadłuba umieszczono na sterburcie, skąd wystawał pod dziwacznym kątem. Jak na swoje rozmiary, frachtowiec miał potężne silniki, równocześnie jego przyrządy sterownicze były czułe aż do granic paranoi, przez co bywał narowisty i do ujarzmienia potrzebował dwóch pilotów. A nawet wtedy potrafił się wyrwać spod kontroli, jeśli załoga nie wiedziała dokładnie, co powinna robić.

Ale tak już było z całą serią YT-1300.

Sokół miał te wszystkie cechy, do tego znacznie wzmocnione. Był poobijany i poszczerbiony. Wymagał odmalowania i ciągłych napraw. Niemal połowę tego, co zarabiali na kursach dla Jabby albo innych zleceniodawców, wydawali na serwis, nowe części, paliwo. Sokół żłopał paliwo jak spragniony wędrowiec wodę, po zakończeniu wielotygodniowej podróży przez rozpalone Morze Wydm. Jego emulatory grawitacji miały irytujący – a szczerze mówiąc, również niepokojący – zwyczaj wyłączania się podczas ostrych skrętów. Jeśli nie przypięło się wcześniej pasami, można było wylądować po drugiej stronie kabiny. Liczne komputery, odpowiedzialne za to, żeby na statku wszystko działało jak należy, przez lata nie tylko wytworzyły własne dialekty, lecz także czasem kłóciły się ze sobą – tak się przynajmniej wydawało. Lepiej było nie pytać Wookieego, jaki jest stan stabilizatorów przepływu jonowego albo czemu kompensatory przyspieszenia Duvo-Pek, zamiast kompensować, robią coś dokładnie przeciwnego.

Tak, ale Sokół był szybki.

Był najszybszym statkiem, jakim Chewie kiedykolwiek latał, jaki w ogóle kiedykolwiek widział. Ciął przestrzeń i atmosferę, jakby tylko po to został stworzony. Wookiee i Solo, siedząc w nim ramię w ramię, potrafili tak go poprowadzić, że tańczył – na ten widok projektantom z Korellii opadłyby szczęki. Przerobili niemal każdą część silników, począwszy od sworzni aż po główny napęd, żeby wzmocnić statek i dać mu jeszcze większą moc, jeszcze większą prędkość. Rozłożyli je na części i złożyli z powrotem więcej razy, niż Wookiee umiałby zliczyć. Sokół zawsze ich za to nagradzał, dając z siebie więcej, niż można by było się spodziewać, i zachęcał, żeby spróbowali wycisnąć z niego coś jeszcze.

Chewbacca kochał ten statek.

Sięgnął długim ramieniem, aby wcisnąć jaśniejący guzik komunikatora, i wywarczał powitanie, od razu pytając Solo, co mu zajęło aż tyle czasu.

– Och! Chewie, gdzie ty się nauczyłeś takiego języka?

Wookiee zachichotał. To nie był jego przyjaciel Han, tylko droid protokolarny.

– Kapitan Solo prosi, żebyś natychmiast dołączył do niego w sali odpraw.

Chewbacca skrzywił się i wyryczał odpowiedź.

– Nie wiem, o co chodzi – odparł C-3PO. – Powiedział, że sobie życzy, żebyś zaraz do niego dołączył, bo księżniczka nie uznaje jego odmowy, a on ma wrażenie, że ty odmówisz jej dobitniej.

Wookiee wyszczerzył się w uśmiechu, bo wiedział, że teraz nikt na niego nie patrzy. Han Solo i księżniczka byli na wojennej ścieżce, od kiedy tylko się spotkali. To wyjaśniało opóźnienie. Mieli lecieć na Tatooine godzinę temu. Dzięki nagrodzie za uratowanie księżniczki z Gwiazdy Śmierci i obiecanej zapłacie za kurs na Alderaana powinni mieć więcej pieniędzy, niż potrzebowali, żeby spłacić Jabbę. Starczyłoby nawet, żeby wrócić do jego łask. Najpierw musieli jednak zawieźć mu te pieniądze. Bo gdyby to łowcy nagród przywieźli ich do Hutta, sytuacja zmieniłaby się diametralnie.

Jabba nie był miły dla tych, którzy byli mu winni pieniądze. Odebrałby im wolność, może nawet życie, a na pewno Sokoła. Wookieemu nie podobała się żadna z tych opcji. Był pewien, że Solo nie podobały się one jeszcze bardziej.

Wywarczał C3-PO swoją odpowiedź, ponownie nacisnął guzik komunikatora i wstał, z przyzwyczajenia pochylając się w wyjściu z kokpitu. Trącił przy tym dwie kości do gry, które kilka lat temu powiesił tam dla żartu. Tylko jedno mogło skłonić Hana Solo do opóźnienia wylotu — jakaś ładna dziewczyna.

Chewbacca musiał przyznać, że bardzo go ciekawiło, czego ta dziewczyna chciała.

— Ja nie jestem z wami! — oznajmił Han Solo. — Nie należę do tej twojej Rebelii. Nie jestem bojownikiem o wolność i nie pracuję dla ciebie, Wasza Kultowość!

Księżniczka Leia Organa z planety Alderaan zrobiła dwa szybkie kroki do przodu. Zadarła głowę, żeby gniewnie spojrzeć na szmuglera. Jeśli fakt, że Solo był od niej wyższy o prawie o pół metra, robił na niej jakieś wrażenie, wcale tego nie okazywała. Uniosła palec wskazujący, mierząc nim w przemytnika, tak że ten zaczął się zastanawiać, czy aby nie chce mu go wbić w oko.

– Gdybyś dla mnie pracował – wycedziła – to już dawno bym ciebie wylała.

– Gdybym dla ciebie pracował, to sam bym odszedł. – Solo skrzyżował ramiona, pewien, że jak na razie, właśnie on powiedział ostatnie słowo.

Księżniczka zastygła na chwilę w bezruchu, mierząc Hana spojrzeniem, które – jak sądziła – kiedyś doprowadzało do rozpaczy jej przeciwników w rozwiązanym już Senacie Imperialnym. Minął ich jakiś rebeliancki żołnierz, starający się się unikać kontaktu wzrokowego. Zajmował się demontażem centrum dowodzenia, ręce miał pełne sprzętu. Podczas bitwy całe pomieszczenie było zastawione wyświetlaczami pokazującymi, jak Gwiazda Śmierci zbliża się nieubłaganie do księżyca Yavina, a także monitorami przekazującymi rozmowy pilotów, wtedy gdy tracili myśliwce jeden po drugim, strącane ogniem obrony naziemnej lub precyzyjnymi strzałami z myśliwców TIE. Z tego, co orientował się Solo, baza mieściła się w świątyni ku czci bogów wyznawanych przez zapomnianych i dawno wymarłych mieszkańców Yavina 4. Rebelianci ją odnaleźli, a potem uczynili sercem swoich operacji. Teraz znowu miała stać się tym, czym była kiedyś – dziedzictwem zaginionych i zapomnianych.

Poobijany droid serwisowy zapiszczał, przeciskając się obok monitora, a Leia wykorzystała tę okazję, żeby przerwać pojedynek na spojrzenia, i odwróciła się z ledwie skrywanym wstrętem. Była wściekła i nie wahała się tego pokazać. Solo musiał przyznać, że drażnienie jej sprawia mu pewną przyjemność. Tak łatwo było ją sprowokować. Z pewnością była jedną z najpiękniejszych kobiet, jakie spotkał – a taka opinia u Hana Solo naprawdę wiele znaczyła, bo widział kawał galaktyki i odpowiednio dużo pięknych kobiet. A to, że księżniczka była do tego odważna – chociaż, biorąc pod uwagę jej pozycję w Rebelii, wręcz samobójczo – i zawsze odpłacała pięknym za nadobne, czyniło ją w oczach Hana jeszcze bardziej pociągającą. Była także uparta jak gundark, co również doceniał. Tak naprawdę nawet lubił Leię, zwłaszcza po tym, co razem przeszli z tamtym dzieciakiem i starcem.

Jednak absolutnie nie było mowy, żeby jej o tym powiedział. Zwłaszcza że próbowała wzbudzić w nim poczucie winy, aby go nakłonić, żeby ryzykował życie za sprawę, która nie była jego sprawą, i przy tym nie zamierzał dopuścić, żeby kiedykolwiek nią się stała.

Otworzyły się jedne z drzwi prowadzących do tymczasowego – a teraz już powoli znikającego – centrum dowodzenia i trzech żołnierzy wytoczyło przez nie kolejny sprzęt, a potem do środka wetknął głowę Chewbacca. Solo pochwycił spojrzenie przyjaciela, który lekko skinął mu na powitanie.

Księżniczka Leia popatrzyła na wchodzącego Wookieego i odprowadziła go wzrokiem aż do Solo. Później znowu się odwróciła w stronę szmuglera.

– Zginą ludzie – powiedziała, tak po prostu i zwyczajnie, stwierdzając fakt. Popatrzyła na Hana tymi swoimi brązowymi oczami, które zdawały się widzieć wszystko.

– Nie znam ich – odparł Solo.

Przez chwilę, tylko przez jedną chwilę, ujrzał rozczarowanie na jej twarzy i poczuł, że niebezpiecznie zbliżył się do poczucia winy.

– Pozwól, że o coś zapytam. – Leia zwróciła się teraz do Wookieego, kciukiem wskazując na Solo. – Czy w nim naprawdę bije serce, czy jest tam tylko sejf na kredyty?

Chewbacca parsknął, a potem spojrzał na Hana, przechylając głowę. Warknął.

– O, nie, nie – zaprotestował Solo. – Chewie, ty jeszcze nie słyszałeś, czego ona od nas chce. No idź, Wasza Jaśniejąca Królewskość, powiedz mu o tej małej, samobójczej misji, którą masz w zanadrzu.

– To nie jest misja samobójcza, pod warunkiem że będziecie się trzymali planu.

Leia wdusiła przycisk uruchamiający główny wyświetlacz taktyczny, jeden z niewielu pozostałych tu jeszcze elementów wyposażenia wciąż podłączonych do zasilania. Został tu tylko dlatego, że aby go ruszyć, potrzeba było kilku droidów. Ekran zajaśniał i oczom zebranych ukazała się mapa galaktyki. Księżniczka wystukała coś na pulpicie kontrolnym, tym razem bardzo szybko, a potem wspólnie z Solo i Chewbaccą patrzyła, jak mapa się zwiększa, zmienia skalę, aż w wreszcie w jej centrum znalazł się jakiś obiekt na Zewnętrznych Rubieżach. Po kolejnym wciśnięciu klawisza mapa znieruchomiała, ukazując system złożony z sześciu planet.

— Cyrkon, na Zewnętrznych Rubieżach, na skraju Przestrzeni Huttów — wyjaśniła Leia, wskazując drugą planetę od centralnej gwiazdy układu. — Leży poza strefą wpływów Imperium, dlatego przylatuje tam sporo takich jak wy.

Chewbacca pociągnął nosem.

— Ma na myśli szmuglerów — powiedział Solo.

— Nie, mam na myśli kryminalistów — odparła Leia.

Wookiee uniósł brew.

— Rebelii brakuje środków — oznajmiła księżniczka, wpatrując się w obraz. — A to, co mamy, nie wystarcza. Musimy być ciągle w ruchu. Właśnie teraz mamy z tym do czynienia: z ewakuacją. Sami jesteście tego świadkami. Imperium ma wszystko: zasoby, mnóstwo żołnierzy, mnóstwo szpiegów. Aby przetrwać, musimy planować nie jeden albo trzy ruchy do przodu, tylko aż pięć ruchów. Musimy być przygotowani na każdą ewentualność. Wiedzieć nie tylko, dokąd mamy się udać, ale także dokąd możemy się skierować później, jeśli wybrane miejsce zostanie zdekonspirowane albo coś nie wyjdzie. Musimy mieć różne opcje.

— Jeśli planujesz ukryć tę swoją rebelię na Cyrkonie, to długo tam nie pobędziecie — stwierdził Solo. — Za blisko do Huttów. Sprzedadzą was, zanim się obejrzycie.

Leia uniosła wzrok znad mapy na wystarczająco długą chwilę, żeby posłać Solo kolejne mordercze spojrzenie.

– Kapitanie, dziękuję za błyskotliwą i strategicznie wnikliwą uwagę. – Wskazała mapę. – Cyrkon to nie jest miejsce następnej bazy Rebelii.

– Jesteś mądrzejsza, niż na to wyglądasz.

Księżniczka zignorowała te słowa i ponownie postukała w przełączniki. Mapa galaktyki się odsunęła, a na wyświetlaczu pojawił się jakiś nowy obraz: hologram przedstawiający mężczyznę, człowieka, w wieku około dwudziestu standardowych lat. Solo go nie znał.

– To porucznik Ematt, dowódca Dzierzby. – Leia przerwała, wpatrzona w hologram. – Dzierzba to specjalna jednostka zwiadowcza Rebelii. To mały zespół i ma tylko jedno zadanie. Odpowiada za znalezienie, zabezpieczenie oraz przygotowanie nowych miejsc dla Rebelii. Układa listę. Wybiera miejsca przegrupowania. Sprawdza wszystkie opcje.

– To mnóstwo tajnych informacji, jak na jednego człowieka – zauważył Solo.

– Owszem. Bo to jeden z niewielu sposobów na zapewnienie nam bezpieczeństwa. Im mniej osób zna jakąś tajemnicę, tym mniej może ją ujawnić.

Chewie wyburczał potwierdzenie.

– Han, ale on wie, rozumiesz? Ematt wie nie tylko, dokąd zmierzamy, lecz także dokąd możemy się udać. Zna miejsca przegrupowania sił. Wie, gdzie ukryliśmy broń, żywność, lekarstwa. Wie wszystko.

Solo pokiwał głową. Poczuł skurcz żołądka, jak gdyby zjadł coś, czego nie powinien. Miał złe przeczucia.

— Na Taanab Dzierzba wpadła w zasadzkę Imperialnego Biura Bezpieczeństwa — wyjaśniła księżniczka. — Ematt uciekł z pułapki, ale pozostali członkowie załogi zginęli. Zdołał nam przekazać, co się tam stało, że wydostał się z planety i teraz leci na Cyrkona. Ale IBB jest już na jego tropie, a on jest sam i został zdekonspirowany.

Chewie sapnął cicho pod nosem. Razem z Solo mogli się tego spodziewać.

— Sokół to jedyny statek na tyle szybki, żeby dolecieć do Cyrkona na czas. — Księżniczka ponownie wcisnęła klawisze obok mapy i obraz zgasł. Odwróciła się i popatrzyła na nich, najpierw na Chewiego, potem na Hana. — Jeśli IBB złapie Ematta, wydobędzie z niego wszystko. Będą go torturować. Nafaszerują narkotykami. Dowiedzą się wszystkiego. To będzie koniec Rebelii.

Już nie była wściekła. Już nie prosiła, nie błagała. Po prostu na nich patrzyła, na Solo oraz jego przyjaciela i wspólnika. Czekała. Podała już wszystkie swoje argumenty.

Solo wolał, gdy się wściekała.

Chewbacca ryknął, wydał z siebie krótki ciąg pomruków, zakończony głośnym burknięciem.

Han spojrzał na niego zdumiony.

— Chewie, lepiej się zastanów.

Wookiee parsknął.

Solo pokręcił głową.

– Ona nas prosi, żebyśmy polecieli do jakiegoś systemu na skraju Przestrzeni Huttów, tam ratowali faceta, który być może w ogóle już nie żyje, nie wspominając o tym, że szuka go IBB! Nie wspominając także o tym, że na Cyrkonie aż roi się od najgorszych szumowin, jakie tylko można znaleźć w galaktyce. I nawet już w ogóle nie mówiąc, że Jabba zebrał łowców nagród, którzy aż się palą, żeby nas dorwać, o ile już ich za nami nie posłał...

Chewbacca chrząknął i zawarczał.

– Wiem, że to Zewnętrzne Rubieże! Wiem, że to po drodze, ale nawet jeśli nam się uda, przecież będziemy musieli go zabrać na miejsce przegrupowania albo nici z ucieczki! Stary, to nie nasza wojna!

Tym razem Wookiee milczał, tylko wpatrywał się w Hana swoimi niebieskimi oczami.

Leia też na niego patrzyła.

Solo westchnął. „Niektórych wojen – pomyślał – nie da się wygrać".

– Będziemy potrzebować jakiegoś hasła, nieważne jakiego, żeby Ematt nas rozpoznał – stwierdził. Starał się, żeby w jego głosie nie było słychać nadąsania.

Leia uśmiechnęła się, jak gdyby od początku wiedziała, że szmugler się zgodzi. Solo się skrzywił.

– I spodziewam się, że dostanę za to pieniądze – dodał.

ROZDZIAŁ 02
CHLUBA IBB

KOMANDOR ALECIA BECK była bardzo dobrym oficerem Imperialnego Biura Bezpieczeństwa, w każdym razie – we własnym mniemaniu. Nie miała zresztą innego wyboru. W tej pracy nie tolerowano pomyłek, poza tym była kobietą, a w Imperium niewiele kobiet zajmowało wysokie stanowiska. Aby Imperium funkcjonowało sprawnie, trzeba było zapewnić mu lojalność. Aby Imperium kwitło, każdy musiał zajmować się tym, co do niego należało. Aby Imperium przetrwało, trzeba było chwytać i niszczyć z uporem jego wszystkich nieprzyjaciół.

Niestrudzenie.

Komandor Beck cieszyła się, że właśnie tym się zajmuje. Była z tego dumna, podobnie jak była dumna z doskonałego stanu swojego śnieżnobiałego munduru oraz z błysku szlifów oficerskich na lewej piersi. Była dumna nawet z blizny, która niemal prostą linią biegła przez jej lewy policzek od równych blond włosów, rzecz jasna – ostrzyżonych ściśle według regulaminu. Podobnie jak szczyciła się sztucznym okiem, które zastąpiło zniszczoną lewą gałkę oczną. Stanowiło ono dowód jej lojalności i oddania. Wiedziała, że agenci i szturmowcy służący pod jej dowództwem opowiadają każdemu nowemu rekrutowi, jak to komandor Beck, wykonując pierwsze zadanie dla IBB, przyłapała swojego oficera szkoleniowego na sprzedawaniu tajemnic za kredyty. Jak stanęła z nim twarzą w twarz w doku naprawczym niszczyciela Zaciekły – wtedy zaledwie porucznik przeciwko kapitanowi. Jak oficer próbował ją zabić laserowym przecinakiem zabranym z pobliskiego stołu warsztatowego.

O tym, jak walczyli. O tym, jak wygrała.

Dostała za to awans i odznaczenie.

O, tak, była z tego dumna.

– Przeszukać ciała – poleciła Beck.

Stojący obok sierżant szturmowców, noszący numer służbowy TX-828, wyprostował się na baczność.

– Tak jest.

Komandor przyglądała się, jak odmaszerowuje i zgodnie z rozkazem przekazuje polecenia ośmiu żołnierzom swojej drużyny. Wszyscy poruszali się szybko, sprawnie i precyzyjnie, właśnie tak, jak zostali wyszkoleni. Beck ponownie skupiła uwagę na zwłokach leżących u jej stóp: na Rodiance w kałuży zielonej krwi. Ustawiła obraz w cybernetycznym oku i przejrzała nim inne widma. W podczerwieni zobaczyła ciepło uchodzące z trupa. Zabita była ubrana zwyczajnie: w tanie, brudne łachy. Beck pchnęła ciało stopą, żeby przewrócić je na plecy.

Jedno ramię Rodianki osunęło się w bok. Zakończone przyssawkami palce wypuściły sportowy blaster z długą lufą, który trzymała w chwili śmierci.

Beck przestawiła widzenie na ultrafiolet; jej oko wydało ciche, lecz słyszalne kliknięcie. Przykucnęła na jedno kolano i złapała kobietę za nadgarstek. Skrzywiła się. Nie przepadała za obcymi, a ta Rodianka szczególnie ją irytowała, nawet po swojej śmierci. Odciągnęła jej mankiet, aby odsłonić przedramię. Na skórze widniał symbol, widoczny w ultrafiolecie, właśnie taki, jaki komandor miała nadzieję odnaleźć: drapieżny ptak z rozpostartymi skrzydłami – dzierzba. Beck puściła rękę zabitej i wstała, marszcząc czoło.

Zatem miała rację.

Z dezaprobatą spojrzała na statek, którym próbowali uciec rebelianci: nieduży, brzydki transportowiec, wyglądający tak, jakby ledwie był w stanie wejść w nadprzestrzeń. A co dopiero w niej pozostać.

– Sierżancie, do mnie – rozkazała.

– Na rozkaz.

Ruszyli na pokład.

Jedną z przyjemności, jaką Beck czerpała ze swojej pracy, stanowiło to, że mogła się wykazać inteligencją. W niektórych częściach Armii i Marynarki Wojennej Imperium bycie inteligentnym równało się kłopotom. Jeśli widziałeś zbyt wiele, słyszałeś zbyt wiele albo zadawałeś niewłaściwe pytania, mogłeś się wpakować w niezłe tarapaty. Zasadniczo IBB pod tym względem także nie stanowiło wyjątku, chociaż z jedną różnicą: wolno tam było wykorzystywać inteligencję w sprawach związanych z wykonywaniem zadań służbowych. Beck, która od dziecka marzyła o zostaniu detektywem, tę część swoich obowiązków lubiła szczególnie. Usuwanie zdrajców Imperium oznaczało dla niej po prostu rozwiązywanie swoistych zagadek kryminalnych.

Wiedziała, że najważniejszy jest teraz czas, zmusiła się jednak, żeby powoli kroczyć przez rebeliancki transportowiec, przemierzając go od kokpitu po ładownię i sprawdzając po drodze każdą, nawet najmniejszą koję. Nie miała informacji o tym, co wydarzyło się niedawno w systemie Yavina, ale doszły ją różne plotki, a poranny komunikat z Coruscant niósł wszystkim dowództwom IBB bardzo jasny przekaz.

Z ROZKAZU IMPERATORA

Do: Wszystkich wyższych dowódców Imperialnego Biura Bezpieczeństwa

NAJWYŻSZY PRIORYTET

Imperator rozkazuje, aby wszyscy znani terroryści, osoby podejrzewane o terroryzm oraz sympatycy terrorystów, powiązani z tak zwanym Sojuszem Rebeliantów, zostali natychmiast aresztowani i poddani przesłuchaniom w związku z zarzutem zdrady.

Polecenie ma najwyższy priorytet
ze wszystkich dotychczasowych zadań.

WYKONAĆ NATYCHMIAST

To oznaczało, że cokolwiek wydarzyło się w systemie Yavina, było to coś niekorzystnego dla Imperium. Oznaczało również, że operacja rozpracowywania tej komórki Rebelii, bardzo ostrożnie prowadzona przez Beck, właśnie dobiegła końca. Komandor miała nadzieję, że śledząc buntowników, dotrze do jakichś grubych ryb, może nawet głównego dowództwa – jednak rozkazy nie pozostawiały wątpliwości. Miała teraz zająć się czymś innym, i to natychmiast.

Pomyślała o martwej Rodiance, leżącej w doku przy statku, i poczuła, jak znowu wzbiera w niej złość. Kiedy przybyła ze swoimi ludźmi do hangaru na Taanab, zastała transportowiec szykujący się właśnie do odlotu. Czworo rebeliantów z załogi odłączało przewody paliwowe i ładowało sprzęt. Nie zdążyła nawet zawołać „Stać, jesteście aresztowani!", a już zaczęła się strzelanina. Gdyby rebelianci zachowali chociaż odrobinę rozsądku, na pewno by się poddali. Jednak nie, oni musieli walczyć i choć szturmowcy ustawili swoje blastery E-11 na ogłuszanie, to i tak żaden buntownik nie został wzięty żywcem.

Starcie było gwałtowne, chociaż krótkie – trwało mniej niż dziesięć sekund. Żaden z podwładnych Beck nie odniósł obrażeń, za to na ziemi znalazło się czworo ogłuszonych rebeliantów. Komandor rozkazała sierżantowi zakuć ich w kajdanki i właśnie wtedy zauważyła jakiś ruch u góry transportowca. Wyciągnęła blaster. Na szczycie statku była tamta Rodianka. Zanim Beck albo którykolwiek ze szturmowców zdołali zareagować, kobieta otworzyła ogień, jednak nie do sił Imperium. Zastrzeliła wszystkich jeńców.

Jednego po drugim. Rodianka wpakowała ładunki z blastera w mężczyzn i kobiety, na pewno swoich przyjaciół, swoich towarzyszy broni. Zanim szturmowcy w ogóle zdołali unieść karabiny, było już po wszystkim. Z czterech jeńców nie ocalał żaden.

— Stój! — zawołała Beck.

Rodianka spojrzała na nią swoimi wielkimi oczami, a potem przystawiła blaster do własnej skroni.

Beck nie mogła nic zrobić poza przyglądaniem się, jak kobieta upada.

Powinna mieć pięcioro jeńców do przesłuchania. Nie miała żadnego.

Cokolwiek wiedzieli, Rodianka była gotowa za to zabić i oddać własne życie. Komandor miała pewność, że chodziło o coś bardzo ważnego. Przeszła się po transportowcu, bacznie przyglądając jego wnętrzu, a kiedy skończyła obchód, zrobiła to jeszcze raz. Gdy już wyszła ze statku, ciała uprzątnięto. Sierżant wyprężył się przed nią na baczność.

— Jednego brakuje — stwierdziła Beck.

— Melduję, że wszystkich rebeliantów policzono.

Nie traciła czasu, żeby go poprawiać. Dobrze wiedziała, że ma rację. To był transportowiec EE-730, ze stoczni na Kuat, mogący przewieźć w sumie sześciu pasażerów i członków załogi. Wszystkich sześciu koi niewątpliwie używano. Ciał było pięć. Zatem jednej osoby brakowało.

— Natychmiast ściągnąć z Zaciekłego jeszcze dziesięć drużyn. Chcę przeczesać wszystkie lądowiska i wszystkie miejscowe kantyny, w normalnym trybie. Żadne statki nie mogą lądować ani startować, dopóki na to nie pozwolę.

– Tak jest.

– Natychmiast wysłać na pokład ekipę poszukiwawczą razem z zespołem do wydobywania danych. Chcę dostać wszystko z komputerów pokładowych, zwłaszcza z komputera nawigacyjnego, a do tego jeszcze dzienniki nadprzestrzenne. Wysłać to do mojej kajuty na pokładzie Zaciekłego.

– Tak jest.

Ruszyła do wyjścia z doku, jednak zatrzymała się, zanim zdołała zrobić dwa kroki. Jej spojrzenie padło na kałużę krzepnącej krwi, ślad po śmierci Rodianki. „Niektórzy – pomyślała Beck – uznaliby tę Rodiankę za bohatera. Niektórzy, opowiadając o jej czynie, mówiliby o poświęceniu i szlachetności". Jednak dla niej byliby to idioci, a może wręcz zdrajcy. Rozsmarowała krew obcasem, czując, że znowu wzbiera w niej złość.

– Kretynka – powiedziała.

– Nie jesteśmy odpowiednim statkiem do blokady – oznajmił kapitan Hove. – Nie jesteśmy w stanie zablokować ruchu statków nad Taanab.

– Znajdźcie jakiś sposób – odparła Beck.

– Jak sądzę, oznacza to, że cała operacja nie zakończyła się takim sukcesem, na jaki pani liczyła?

– Pojawiły się niespodziewane komplikacje.

Beck minęła go i weszła do swojej kajuty na pokładzie Zaciekłego. Usiadła za biurkiem. Za jej plecami, w szerokim iluminatorze, widać było Taanab, obramowany polem niezliczonych gwiazd, ciągnącym się gdzieś ku nieskończoności. Obróciła fotel, żeby podziwiać kosmiczną panoramę. Nadal unikała spojrzenia Hove'a. Gwiezdny niszczyciel Zaciekły teoretycznie znajdował się pod jego dowództwem jako okręt Marynarki Wojennej Imperium, jednak żadne z nich nie miało wątpliwości, kto tak naprawdę wydaje rozkazy. Między innymi właśnie dlatego Hove nie przepadał za Beck, a ich wzajemne kontakty cechowały dystans i służbowa gorliwość. Poza tym mężczyzna panicznie się bał, że zrobi coś, co Beck uzna za stosowne zgłosić dowództwu IBB jako podejrzane lub wręcz noszące znamiona zdrady.

– Admirał Ozzel wysłał komunikat dla floty, nakazując nam gotowość bojową – oznajmił Hove. – Jeśli ma pani jakieś informacje, którymi się pani ze mną nie dzieli, to dla dobra tej jednostki proszę raz jeszcze się zastanowić.

Beck zmarszczyła czoło. Na zewnątrz szybko przemieściły się dwa myśliwe typu TIE, lecące na patrol w doskonale równym szyku.

– Kapitanie, o tym, o czym musi pan wiedzieć, dowie się pan dopiero wtedy, kiedy będzie musiał. – Beck odwróciła się twarzą do Hove'a. – Obciążanie pana zbyt wieloma informacjami, to proszenie się, żeby te informacje wyciekły do wrogów Imperium. A tego by pan nie chciał.

Hove zesztywniał. Beck jakoś zdołała powstrzymać uśmiech.

– Nie chciałbym, pani komandor – odparł kapitan.

– Życzę sobie, żeby natychmiast wysłano do mnie droida astronawigacyjnego. Pana chcę tutaj na mostku. Kiedy wydam rozkaz, spodziewam się, że natychmiast przystąpi pan do działania.

– Jak zwykle okręt jest do pani dyspozycji.

– Owszem – stwierdziła Beck – Jest. A teraz droid, szybko.

Hove stuknął obcasami, zrobił w tył zwrot i wyszedł z kajuty, a drzwi zasunęły się za nim z rozmachem. Beck skupiła się teraz się na komputerze, na którym wyświetlały się raporty napływające z powierzchni oraz dane wydobyte z transportowca. Kiedy już ściągnęła wszystkie informacje, użyła komunikatora, żeby skontaktować się z sierżantem.

– TX-828 – zameldował się szturmowiec.

– Sierżancie, właśnie dostałam zapisy z transportowca. Czy to już wszystko?

– Tak jest.

– Nie, nie wszystko. Brakuje dziennika zapisów z komputera nawigacyjnego.

– Nie brakuje.

– Dziennik jest pusty, sierżancie.

– Tak jest, zgadza się. Zespół zajmujący się odzyskiwaniem danych zdołał tylko ustalić, że w trakcie minionego dnia przeprowadzono gruntowne czyszczenie systemu. Znaleźli także dowody, że pamięć komputera nawigacyjnego była regularnie kasowana.

Drzwi zapiszczały. Beck zerknęła na monitor podglądu, na którym widziała, co się dzieje poza kajutą. Przed wejściem czekał droid astronawigacyjny, model R4, czarno-srebrny i błyszczący. Otworzyła, żeby go wpuścić do kajuty.

— Jak sądzę, dokładnie to samo stało się z dziennikami nadprzestrzennymi?

— Zgadza się.

Rozłączyła się i odwróciła do jednostki R4.

— Podłącz się do mojego lokalnego gniazdka, żeby dotrzeć do wszystkich ściągniętych właśnie danych, które dotyczyły operacji na powierzchni planety — poleciła Beck.

Droid zagwizdał i podjechał bliżej. Jego górna część się obróciła, a ramię interfejsu komputerowego wysunęło z korpusu i podłączyło do portu z boku biurka. Robot wydał długi ciąg binarnych popiskiwań i gwizdów.

Beck powróciła do spoglądania przez iluminator — oraz do rozmyślań. Samo czyszczenie komputera nawigacyjnego nie było niczym dziwnym, jednak gruntowne wymazywanie danych zabierało sporo czasu i przeprowadzano je właśnie po to, żeby uniemożliwić to, co zamierzała Beck: uzyskanie historii przelotów. Co więcej, takie kasowanie mogło doprowadzić do uszkodzenia plików biblioteki, a w rezultacie — do katastrofalnego skoku nadprzestrzennego. Takie skoki kończyły się zwykle śmiercią załogi i rozpadem statku na kawałki.

Rebelianci bardzo, ale to bardzo starali się ukryć swoją trasę. Rodianka, żeby chronić ten sekret, była zdecydowana zabić i sama zginąć. Do tego jeszcze tatuaż z wizerunkiem dzierzby, widoczny tylko dla tych, którzy wiedzieli, gdzie szukać. A to mogło znaczyć tylko jedno.

– Ematt – powiedziała Beck. – Byłeś tutaj. Ale gdzie się podziałeś?

R4, jak gdyby w odpowiedzi, wydał z siebie odgłosy, które dla Beck zabrzmiały jak ciąg triumfalnych pisków: przyciągnęły jej uwagę do biurka i stojącego na nim monitora. Droid, mimo wszelkich starań, nie zdołał wydobyć żadnych danych ani z komputera nawigacyjnego, ani z dzienników nadprzestrzennych. Udało mu się jednak uzyskać informacje dotyczące zaopatrzenia statku, zwłaszcza w paliwo, i połączyć to z danymi na temat zasięgu EE-730.

– Dzięki temu wiem, gdzie byli – rzuciła Beck – a nie, dokąd zmierzali. Nie, gdzie on się skierował. Połącz się teraz z komputerem na mostku, z mojego upoważnienia. Chcę dostać listę wszystkich jednostek, które opuściły planetę między naszym atakiem na transportowiec a zarządzeniem blokady.

Droid zakwilił.

Beck się zastanowiła. Kiedy zjawiła się tutaj ze szturmowcami, rebelianci właśnie szykowali się do opuszczenia Taanab. Ematt musiał więc uciec ze statku w momencie rozpoczęcia ataku. Szturmowcy na powierzchni niczego nie zameldowali. Mogła też tylko zgadywać, ilu statkom kapitan Hove pozwolił opuścić planetę, zanim wydała rozkaz o blokadzie.

Ematt już opuścił planetę. Dobrze o tym wiedziała.

Droid zaświergotał i obrócił swoją górną część, żeby wbudowanym projektorem wyświetlić trzy zdjęcia: trzy pojazdy, które opuściły planetę, zanim Hove rozpoczął blokadę. Pierwszym był automatyczny droid transportowy, z kursem ustawionym na Wewnętrzne Rubieże. Beck od razu go odrzuciła. Ucieczka w samo serce terenów podległych Imperium byłaby zbyt głupim pomysłem jak na Ematta. Co do pozostałych dwóch, to jednym był stary, duży transportowiec Sienar MK I, a drugim barka ze stoczni Kuat, statek wyłącznie towarowy, zaprojektowany do przewożenia setek jednostek frachtu w oddzielnych kontenerach.

W jednym z takich kontenerów bardzo łatwo można było się schować, dopóki barka nie dotrze do celu.

– Ten – wskazała Beck. – Chcę wykres jego trasy, razem ze wszystkimi miejscami po drodze.

Najwyraźniej droid to przewidział. Wizerunek statku natychmiast zniknął, zastąpiony mapą gwiezdną z wyświetlonym kursem barki. Wiódł on ku Zewnętrznym Rubieżom, wprost do Przestrzeni Huttów.

Beck usiadła. Mogła jeszcze sprawdzić trasę Sienara, na wszelki wypadek, ale już miała pewność. Włączyła komunikator na swoim biurku.

– Kapitanie?

– Tak, pani komandor?

– Kurs na Cyrkona – oznajmiła. – Chcę być tam jutro.

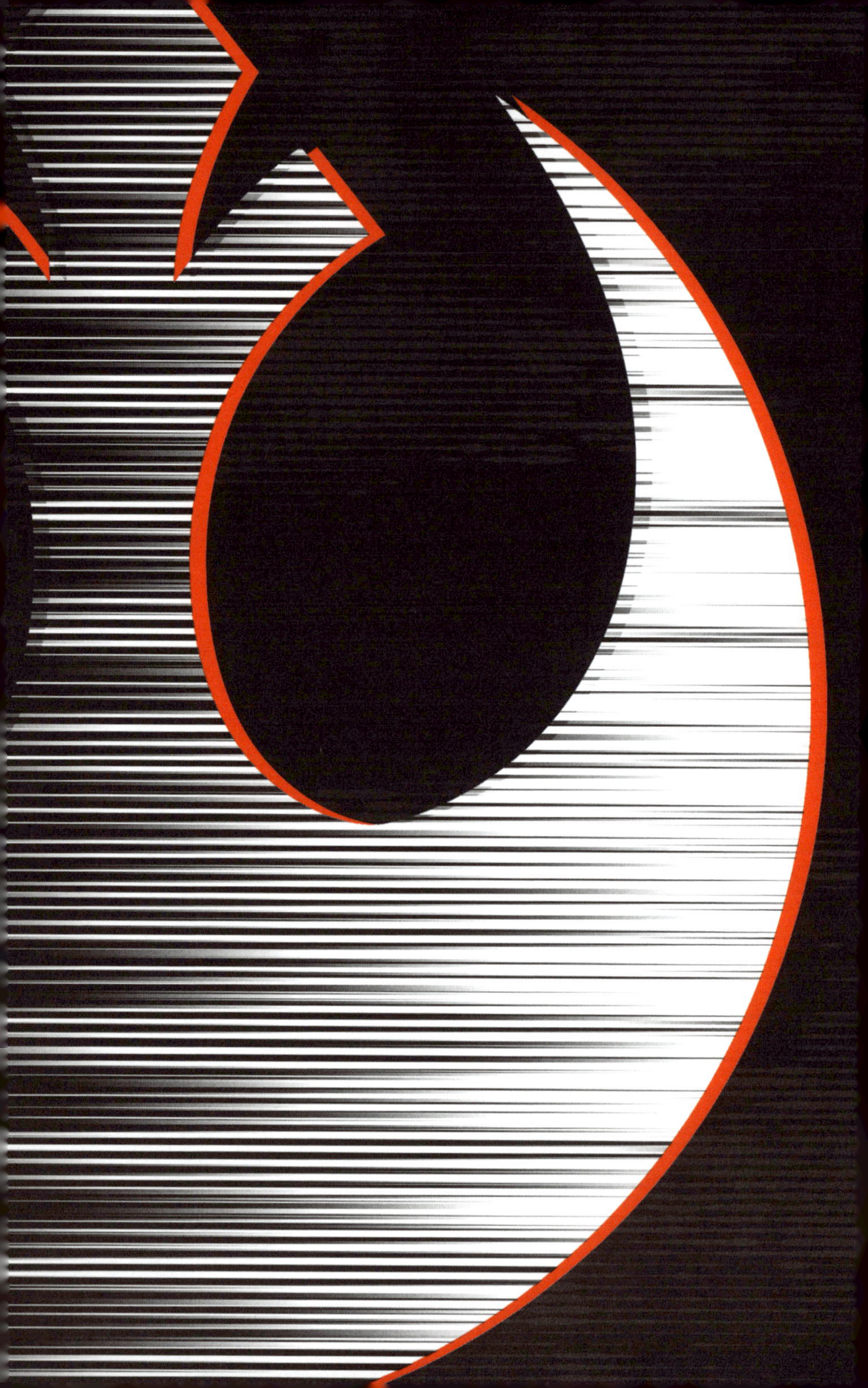

ROZDZIAŁ 03
CO MOGŁOBY PÓJŚĆ ŹLE?

SIEDZĄC W KOKPICIE Sokoła Millennium, Han Solo z krzywą miną wpatrywał się w wirujący, niebiesko-biały tunel nadprzestrzeni. Tak naprawdę wcale go nie widział. Wokół siebie czuł pracę statku, delikatną wibrację ryczących mocno przerobionych silników Isu-Sim, pchających ich z prędkością większą od prędkości światła. Rozmyślał o starcu próbującym uczyć tamtego dzieciaka podczas podróży z Tatooine na Alderaana. Od tamtej przejażdżki – zdaniem Hana – zaczął się cały ten bałagan. Starzec opowiadał o Mocy, radził chłopakowi, żeby sięgał zmysłami i inne takie bzdury. Solo nie potrzebował żadnej Mocy, żeby czuć, co robi Sokół. Po prostu miał to we krwi.

Chewie burknął: po raz trzeci usiłował zagaić rozmowę.

– Nie gadam z tobą – odparł Solo.

Wookiee sapnął.

– Wcale się nie dąsam – rzucił Solo. Nawet w jego uszach zabrzmiało to jak dąsy.

Wookiee się zaśmiał.

– Ciekawe, czy będziesz się tak cieszyć, gdy już będziemy gnili w imperialnym więzieniu. Tego nigdy nie ma w planach, kumplu.

Silniki zmieniły obroty, delikatnie, prawie niewyczuwalnie, jednak oni to poczuli i wyprostowali się na fotelach. Chewbacca sięgał już nad głowę, żeby włączyć kompensatory przyspieszenia, a Solo pociągał za dźwignię uruchamiającą wyjście z nadprzestrzeni. Nie musieli niczego sobie mówić, robili to już tysiące razy. Jakość załogi można było ocenić właśnie po sposobie przeprowadzania takiego manewru. Niektórzy piloci zarabiali na bardzo wygodne życie jako szoferzy bogatych pasażerów, tylko dlatego, że umieli łagodnie przejść z nadprzestrzeni do przestrzeni, nie rozlewając przy tym drinków. Tylko najlepsi potrafili zrobić to gładko.

Solo przesunął dźwignie przepustnicy, odcinając jednocześnie moc wszystkim silnikom, i patrzył, jak pędzi ku nim koniec tunelu nadprzestrzennego, a potem pojawia się rozgwieżdżona przestrzeń odcięta na dole łukiem atmosfery Cyrkona. W tej samej chwili Chewbacca uruchomił napęd podświetlny, a Solo poczuł, jak Sokół zostaje uchwycony przez przestrzeń, jak próbuje ustalić, którędy ma teraz lecieć, chętny pędzić dalej. Han popchnął statek, odwrócił ciąg w dwóch silnikach, czując, że frachtowiec mu ulega, a następnie otworzył kolejne dwie przepustnice. Nagle tunel zniknął, a oni patrzyli na rozciągającego się w dole brązowo-czerwono-złotego Cyrkona.

Wykonali manewr bezbłędnie. Sam Imperator nie miałby się do czego przyczepić. Solo wyszczerzył się w uśmiechu, na chwilę zapominając o swoim złym humorze.

Potem zaczął piszczeć alarm Sokoła, ostrzegający o zbliżaniu się jakiegoś obiektu, i szmuglerowi wrócił zły nastrój. Solo odwrócił się na fotelu, żeby wyłączyć sygnał.

– Co jest? – zapytał bardziej statek niż drugiego pilota.

Chewbacca warknął i przesunął jedno z pokręteł umieszczonych na tablicy czujników, a potem kliknięciem uruchamił kamerę na rufie.

Solo wpatrywał się w obraz na maleńkim monitorze wbudowanym w pulpit kontrolny i starał się nie pozwolić swojej szczęce, żeby opadła na podłogę.

– To chyba jakieś żarty.

Chewbacca parsknął na niego, zadzierając głowę.

– Tak, Chewie, myślę, że nas widzą.

W głośnikach kokpitu coś zatrzeszczało, potem ożył otwarty kanał komunikacji.

– *Tutaj gwiezdny niszczyciel Zaciekły.* – W głosie słychać było całą arogancję i władczość, jakiej Solo spodziewał się po imperialnym oficerze. – *Nieznana jednostko YT-1300, zidentyfikuj się i podaj powód przylotu na Cyrkona.*

Solo złapał słuchawki, przyłożył je do ucha i skinął na Chewiego, jednak niepotrzebnie, bo drugi pilot już wstawał z fotela, aby sięgnąć pod jedną z konsol swojego pulpitu po pojemnik z aliasami różnych jednostek, z których korzystali, podróżując Sokołem. Każdy statek w galaktyce miał wbudowany w swoją podstawową konstrukcję nadajnik kodu identyfikacyjnego, przesyłanego innym statkom, gdy przelatywały dostatecznie blisko. Nazywano to urządzenie transponderem identyfikacji swój–wróg. Każde miało swoje unikatowe numery; ich zmiana teoretycznie była niemożliwa, nie wspominając już o tym, że sama próba jej dokonania stanowiła poważne przestępstwo. To jednak nie powstrzymało pierwszych właścicieli Sokoła przed zmianą numerów, a Solo z Chewbaccą zgromadzili przez lata całkiem imponującą bibliotekę aliasów, która obecnie zawierała dosłownie setki fałszywych nazw, łącznie z odpowiednią dokumentacją.

– Również witam! – zawołał Solo. Uznał, że nie ma nic do stracenia, więc postanowił grać na zwłokę. – Ładny mamy dzień, co, Zaciekły?

Chewie położył sobie pojemnik na kolanach, otworzył go i wyjął kostki pamięci. Podniósł jedną, pokazując ją Solo, i spojrzał pytająco. Po podpięciu poinformowałaby, że Sokół to statek o nazwie Siwy Dym, wykonujący lot charterowy dla rodziny DeWeir. Solo pokręcił głową.

– *Nieznany YT-1300, powtarzam, zidentyfikuj się i podaj powód przybycia na Cyrkona, inaczej wchodzimy na pokład. Masz dziesięć sekund.*

– Hej, to tak się witacie? – rzucił Solo.

Chewie podniósł kolejne dwie kości. Pierwsza identyfikowała ich jako statek Pęknięty Dzwon, wiozący hydrauliczne części zamienne do ciężkich podnośników binarnych, a druga – jako Śmierdzącą Sprawę, wyładowaną – całkiem stosownie do nazwy – artykułami sanitarnymi. Solo raz jeszcze pokręcił głową. Tym razem energiczniej i posłał Wookieemu spojrzenie mówiące: „nie mamy na to czasu". Chewbacca machnął łapami, upuścił kostki i zaczął je rozgarniać, szukając następnych.

– Rozmawiacie tak ze wszystkimi statkami, jakie macie przed dziobem?

– *Nieznany YT-1300, zostało ci pięć sekund. Wyślij kod identyfikacyjny swojego transpondera i podaj, co cię sprowadza na Cyrkona.*

– Hej, trzymajcie swoje eopie w ryzach – odparł Solo. – Zaraz wszystko dostaniecie. Co się tutaj porobiło, że...

– *Trzy sekundy. Dwie sekundy...*

Chewbacca podniósł kolejną kostkę i zanim Solo zdołał ją rozpoznać, wsunął w odbiornik na pulpicie, jednocześnie uderzając w przycisk nadawania.

– Zaciekły, już wszystko macie – powiedział Solo.

Nastąpiła pauza, chwila zupełnej ciszy na otwartym kanale. Solo i Chewbacca wpatrywali się w siebie nawzajem. Jeśli identyfikator zostałby odrzucony albo – co gorsza – uznany za fałszywy, znaleźliby się w strefie bezpośredniego ostrzału niszczyciela. W najlepszym wypadku robiliby uniki tak długo, aż znowu udałoby im się osiągnąć prędkość nadświetlną, jednak wtedy ich misja zakończyłaby się niepowodzeniem, jeszcze zanimby się tak naprawdę zaczęła. Nie wspominając o tym, że na orbicie Cyrkona znajdował się już gwiezdny niszczyciel, istniało więc spore prawdopodobieństwo, że tak czy owak zjawili się za późno.

— Identyfikujemy was jako Zgubione-Znalezione, kapitan Coszel Dridge. Podajcie powód przybycia oraz wasz ładunek.

— No tak, to właśnie ja — oznajmił Solo. — Lecimy, żeby tylko zatankować i trochę odsapnąć. W południowej części Motok, wiecie, w stolicy, jest taka kantyna, gdzie są najzgrabniejsze twi'lekańskie tancerki, jakie tylko sobie można...

— Kapitanie Dridge, nie interesują nas pańskie dewiacje. Na przyszłość radzimy wysyłać kod identyfikacyjny statku natychmiast po wyjściu z nadprzestrzeni. Może pan zająć się swoimi sprawami. Tu Zaciekły, bez odbioru.

Kanał komunikacyjny zamknął się z kliknięciem.

Solo i Chewbacca rozparli się na fotelach, jednocześnie wzdychając z ulgą.

Sokół trząsł się, przechodząc przez atmosferę. Uspokoił się, gdy Solo i Chewbacca obniżyli lot w toksycznej atmosferze Cyrkona i skierowali się w stronę stolicy planety. Chewie wstukiwał koordynaty, a Solo załatwiał z kontrolą lotów w Motok formalności związane z lądowaniem.

Han wiedział, że ukrywanie się na Cyrkonie ma swoją dobrą i złą stronę. Dobra była taka, że miejscowe władze były tak samo skorumpowane jak administracja imperialna, więc jeżeli dysponowało się odpowiednią liczbą kredytów, można było dać komu trzeba w łapę albo kupić sobie wszystko, co niezbędne. Na planecie pozornie funkcjonowała gospodarka, ale prawdziwe interesy robiło się na czarnym rynku: handlując rozmaitymi dobrami, bronią, przyprawami, a czasem nawet niewolnikami. Jeśli coś przynosiło zyski, to z pewnością można było to kupić albo sprzedać w jednym z cyrkońskich miast. Złą stronę stanowiło to, że na Cyrkonie nie było zbyt wielu miast. Motok było największym z nich i pewnie dlatego stołecznym, po całej planecie rozrzuconych było jeszcze z pół tuzina mniejszych. I to wszystko. Miało to konkretne powody: wszystkie miasta Cyrkona były osłonięte szczelnymi kopułami z kontrolowaną temperaturą i atmosferą. Gdy kolonizowano planetę, na długo przed upadkiem Republiki, stanowiła ona idealny, niemal idylliczny świat. Była świetnie położona w strefie mieszkalnej swojej gwiazdy. Jednak od tamtych czasów za sprawą rozwoju przemysłu atmosfera planety zrobiła się toksyczna. Temperatura znacznie podskoczyła, powierzchnia globu zaczęła się przegrzewać, powstał efekt cieplarniany. Na Cyrkonie albo mieszkało się pod kopułą, albo umierało. I tyle.

Co oznaczało, że miasta stały się potwornie zatłoczone i zaniedbane. Oczywiście, nie brakowało tu miejsc, gdzie można się było schować, jednak brakowało takich, do których można było uciec.

Sokół, naprowadzany przez kontrolę lotów, poszybował w stronę budynków portowych, a Solo powoli wprowadzał statek nad wyznaczone lądowisko. Każdy dok osłaniała blada tarcza magnetyczna, pobłyskująca niebieskawą energią. Kilka miejsc było już zajętych. Chewie wychylił się do przodu, podążając wzrokiem w ślad za spojrzeniem Hana, i także zaczął się przyglądać pojazdom ustawionym na dole. W jednym z doków zauważyli transportowiec klasy Strażnik, należący do imperialnego wojska.

Wookiee mruknął z niezadowoleniem.

– Może nie mają pełnego stanu – odezwał się Solo. – Słuchaj, nie możemy zniechęcać się na starcie.

Chewbacca nawet nie zawracał sobie głowy, żeby mu odpowiedzieć. Zamiast tego włochatym paluchem wskazał jeszcze jeden statek, zaparkowany może z pół klika od imperialnego transportowca. Ten z kolei nie był pojazdem wojskowym, tylko luksusowym jachtem 1550-LEX, z jasnoniebieskim pasem wymalowanym na górze kadłuba, biegnącym od dziobu aż po samą rufę. Chewie parsknął pytająco.

– Tak, to wygląda na nią.

Chewie parsknął ponownie, teraz ciszej.

– Zobaczymy.

Solo zahamował, obrócił Sokoła o sto osiemdziesiąt stopni, zmieniając kierunek lotu, potem zawisł nad wyznaczonym lądowiskiem. Następnie posadził statek tak delikatnie, jak gdyby całował małe dziecko w nosek. Chewie zaczął wyłączać systemy frachtowca, a Solo wrzucił jałowy bieg, pozostawiając uruchomione silniki. Wookiee spojrzał na niego pytająco.

– Przecież może się zdarzyć, że będziemy musieli stąd zaraz zwiewać.

Chewbacca zastanowił się chwilę, a potem sapnął na znak, że się z tym zgadza. Wstał, zabrał kuszę z pustego fotela nawigatora za swoimi plecami i znowu zerknął na Hana.

– Miejmy nadzieję, że nie będziesz jej potrzebował.

Wyszli z kokpitu i krótkim korytarzem dotarli do okrągłego, głównego pomieszczenia statku. Chewie mruknął, ryknął, a następnie warknął, gdy Solo opuścił rampę i wyszli z Sokoła na płytę lądowiska.

– No nie wiem – odparł Solo. – W promie klasy Strażnik można zmieścić mnóstwo szturmowców.

W odpowiedzi Wookiee wydał z siebie kolejne sapnięcie.

– Słuchaj, stary, to jest duże miasto. Nie wiemy, czy Zaciekły szuka właśnie jego. To może być przypadek. A nawet jeśli szukają Ematta, będą musieli się rozdzielić. Miejmy oczy szeroko otwarte, załatwmy to rozsądnie, a nic złego się nie stanie. Wejdziemy i wyjdziemy, nikt się nie dowie, że tu byliśmy.

Ruszyli przez lądowisko w stronę głównego wejścia do portu. Wookiee znowu mruknął.

– Chewie, staram się być optymistą – wyjaśnił Solo. Zaczynał się irytować. – Skoro teraz się denerwujesz, to ci przypomnę, że to był twój pomysł. Nie chciałem mieć z tym nic wspólnego, może jeszcze pamiętasz?

Wookiee burknął.

Solo dotarł do drzwi, które się rozsunęły, odsłaniając długą, szeroką i zatłoczoną promenadę, ciągnącą się jak okiem sięgnął. Z jej obu stron odchodziły korytarze, prowadzące do każdego z lądowisk. Rozbrzmiewał bezustanny gwar, różne głosy spierały się i krzyczały w dziesiątkach języków, ze świstem przemykały śmigacze, droidy jazgotały mową binarną, a straganiarze zachwalali towary. Przestąpili próg. Solo pstryknął w panel, bezpiecznie zamykając Sokoła.

— Wyluzuj — powiedział, odwracając się do Chewiego. — Mieliśmy już do czynienia ze szturmowcami. Zawsze mogło być gorzej.

Wookiee mruknął coś cicho.

Solo odwrócił się gwałtownie, patrząc, jak tłum rozstępuje się przed dziwnie wysoką i smukłą postacią, jakieś piętnaście metrów od nich, przewodzącą grupie trzech humanoidów. Minęło kolejne pół sekundy, a Solo poznał, że to droid, jednak taki, jakiego jeszcze nigdy nie widział. Twarz robota stanowiła jak gdyby karykaturę twarzy droida protokolarnego: była płaska, matowoszara, ze sterczącym wokół wysokim kołnierzem, przez co przypominała stalowy kwiat. Tułów droida wzorowano na ludzkim, ale wydawał się on tylko częściowo ukończony, bo od połowy torsu widać było wbudowaną w pas poruszającą się maszynerię. Jego długie nogi wyglądały jak element ludzkiego szkieletu. Podobnie ręce. W jednej z metalowych dłoni robot trzymał ciężki blaster, a w drugiej dłuższy od niego i groźnie wyglądający karabin blasterowy. Trójka jego towarzyszy — Kubaz o widocznym z daleka, długim nochalu, Gran oraz jakiś człowiek — tak jak robot trzymała broń gotową do strzału.

— Han Solo — odezwał się droid. Jego głos nawet z daleka brzmiał czysto, metalicznie; idealnie pasował do jego postaci. — Jabba przesyła pozdrowienia.

Potem otworzył ogień.

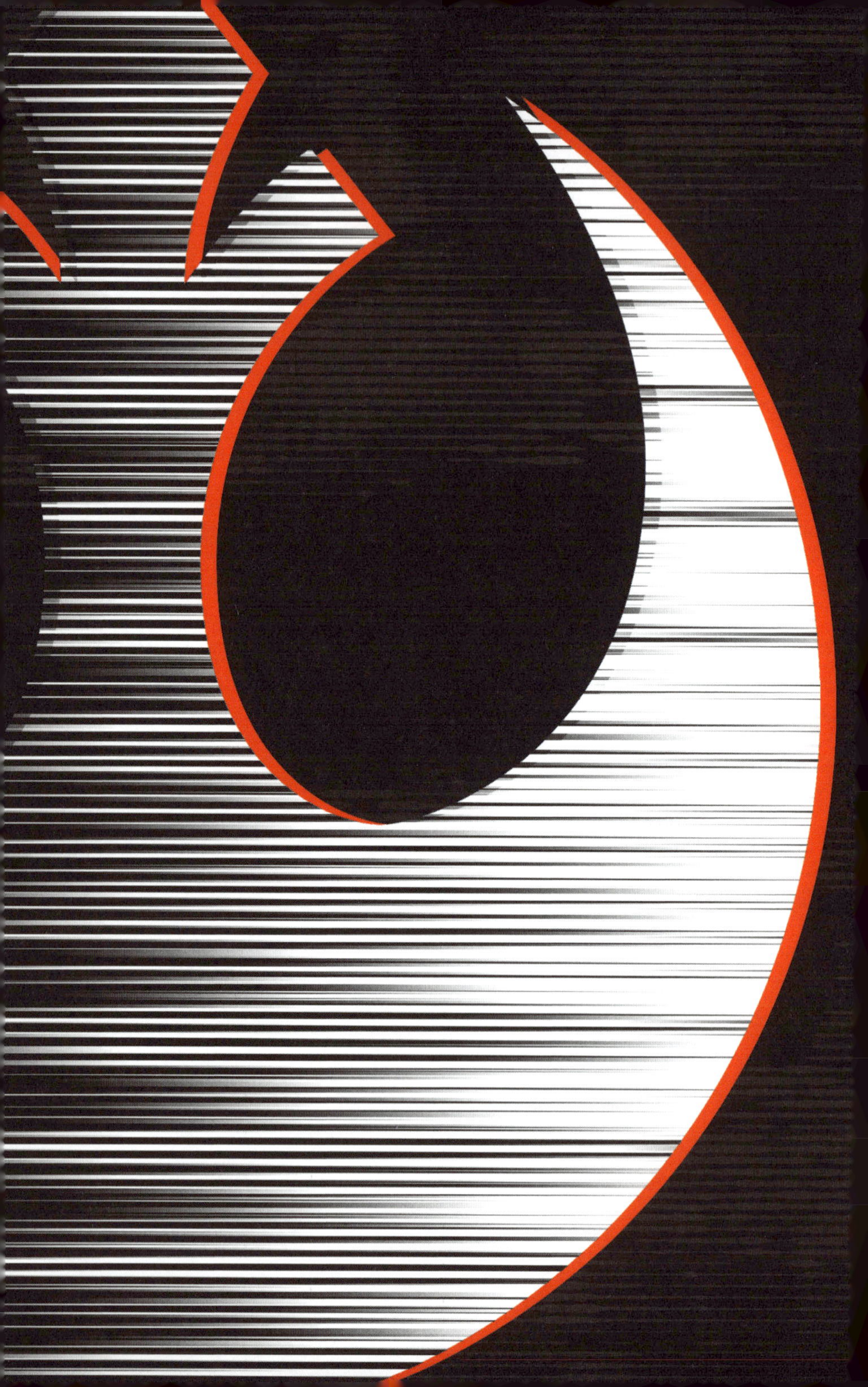

ROZDZIAŁ 04
PALĄCE PYTANIA

POSTAWIĆ ICH POD ŚCIANĄ – rozkazała Beck. – Jeśli któryś będzie czegoś próbował, zabić.

– Tak jest – odparł sierżant, potem machnął ręką. – Słyszeliście. Ruszać się!

Szturmowcy natychmiast wzięli się do pracy: przewracali stoły w kantynie i wyciągali gości, których brutalnie pchali pod przeciwległą ścianę. Ktoś zaprotestował, ale bez przekonania, bo ewentualny opór osłabiała groźba użycia blasterów i imperialna niecierpliwość. Beck przypatrywała się temu miejscu z odrazą. To nie był miły lokal, wątpiła, żeby ktokolwiek z tutejszego szemranego towarzystwa był miły.

Gdy szturmowcy zrobili już, co do nich należało, pod ścianą stało czternastu gości kantyny, do tego jeszcze barman, jego humanoidalny pomocnik i droid kelner. Beck przypatrywała się, jak dwóch żołnierzy obmacuje zatrzymanych, szukając przy nich broni. Jej sztuczne oko klikało cicho, gdy przyglądała się jeńcom w różnych spektrach. Trzech miało ukryte blastery.

Jeden z nich, stary czerwonoskóry Twi'lek, sięgał właśnie po swoją broń. Komandor wyjęła swój pistolet i wycelowała mu w czoło.

– Nie rób tego – ostrzegła.

Twi'lek opuścił rękę.

Beck poczekała, aż szturmowcy rozbroją zatrzymanych. Każdy miał jakąś broń, łącznie z droidem. Na jedynym niewywróconym stole zebrał się całkiem pokaźny stos, na którym znalazły się nawet dwa wibronoże, do tego standardowe lekkie i ciężkie blastery oraz jeden detonator termiczny.

– Szukam kogoś – wyjaśniła Beck. Wyjęła z kieszeni niewielki holoprojektor, uruchomiła go i wyświetliła podobiznę Ematta, pochodzącą sprzed co najmniej trzech lat. Uniosła ją tak, żeby wszyscy mogli się przyjrzeć. – Tego mężczyzny, człowieka. Właśnie jego szukam. Nie was. Im szybciej mi powiecie, gdzie go mogę znaleźć, tym prędzej będziecie mogli wrócić do picia.

Zatrzymani, ustawieni wzdłuż ściany, poruszyli się niespokojnie. Niektórzy zerkali na siebie nawzajem, inni wpatrywali się w Beck, a na ich twarzach malował się lęk.

– A jeśli mi nie powiecie, gdzie go mogę znaleźć – kontynuowała komandor – to każę was wszystkich rozstrzelać.

Barman zakrztusił się, a potem ledwie wydobył z siebie głos. Był Devaronianinem; jeden z rogów sterczących mu na głowie miał ułamany czubek.

– Nie możecie! Nic nie zrobiliśmy!

– Coś znajdziemy.

– Imperium nie ma tutaj władzy.

Beck westchnęła i ruszyła przed siebie, aż znalazła się ledwie kilka centymetrów od barmana, który tak przycisnął się do ściany, że sprawiał wrażenie, jakby miał się przez nią przebić. Uśmiechnęła się do niego.

– Ja jestem tutaj władzą – wyjaśniła.

– Nie widzieliśmy go – odezwał się czerwonoskóry Twi'lek.

Beck spojrzała na niego, przestawiając oko na termowizję. Twi'lekowie zwykle mieli wyższą temperaturę ciała od innych humanoidów, a ten nie stanowił wyjątku. Tyle że teraz jego ciepłota wzrosła do większego poziomu niż normalny u jego rasy. Mogła to być reakcja na strach. Sztuczne oko pokazywało jeszcze puls i oddech, co przy odpowiednim zestawieniu danych czyniło je prowizorycznym wykrywaczem kłamstw.

– Żaden z nas go nie widział – dodał Twi'lek.

– Kłamiesz. – Beck schowała holoprojektor i odwróciła się w stronę drzwi. Mijając sierżanta, poleciła: – Wyprowadzić go na zewnątrz. Resztę puścić wolno.

Wyszła z baru do portu w Motok. Zmarszczyła się z obrzydzeniem, gdy do jej nosa doszły tutejsze zapachy. Wokół było brudno, wszyscy tu byli brudni, zarówno ludzie, jak i obcy. Za dużo obcych, jak na jej gust. W powietrzu unosił się zapach zepsucia. Cała ta planeta była zepsuta, podobnie jak wiele innych światów Zewnętrznych Rubieży, zainfekowanych kryminalnym bakcylem Huttów. Beck wiedziała, że teraz Imperium zajęte jest gdzie indziej, innymi sprawami, żywiła jednak szczerą nadzieję, że pewnego dnia wzrok Imperatora zwróci się i ku tym zakątkom bezprawia oraz chaosu, gdzie z trudem utrzymywano cywilizację. A potem wprowadzony zostanie w nich ów tak potrzebny ład.

Byłaby niezwykle zadowolona z udziału w takiej operacji.

Pojawił się sierżant w towarzystwie czterech szturmowców. Prowadzili Twi'leka z rękami skutymi na plecach.

— Nic nie wiem — odezwał się Twi'lek.

— Kłamiesz, wiem, że kłamiesz. — Beck uśmiechnęła się do niego najsłodziej, jak tylko potrafiła. — A skoro już wiem, że kłamiesz, wiem też, że możesz mi powiedzieć prawdę. Istnieją dwa sposoby, żeby tak się stało. Łatwiejszy sposób polega na tym, że po prostu sam mi powiesz. Trudniejszy wymaga skorzystania z droida śledczego oraz celi na moim gwiezdnym niszczycielu.

Twi'lek pobladł, jego czerwona skóra przybrała różowawy odcień.

— Sądzę zatem, że to całkiem prosty wybór. Ale nie jestem tobą.

— On nie był... On nie był tak ubrany — wymamrotał Twi'lek. — Nie tak jak na holo, ale go widziałem, dzisiaj rano, tutaj, w środku. Długo nie pobył.

— Co robił?

— Nie wiem. Myślę, że na kogoś czekał.

— Czekał na spotkanie z kimś?

Struchlały Twi'lek pospiesznie przytaknął, majtając przy tym głowoogonami.

— Tak, tak właśnie myślę.
— I spotkał się z nim?

Tym razem obcy z takim samym zapałem przecząco pokręcił głową, przez co jego głowoogony pofrunęły w bok.

— Nie, on... on wpatrywał się w drzwi, potem po prostu wstał i wyszedł. Tak po prostu wyszedł.

— Dokąd poszedł?

— Nie wiem. Przysięgam na Stworzyciela, nie wiem!

Beck użyła sztucznego oka, żeby ponownie sprawdzić jego funkcje życiowe. Twi'lek, o ile to było w ogóle możliwe, wystraszył się jeszcze bardziej, jednak nic nie wskazywało na to, żeby znowu kłamał. Komandor skrzywiła się i odwróciła, dając znak sierżantowi, żeby wypuścił aresztowanego.

— Puszczacie mnie wolno? — Twi'lek odwrócił głowę, przypatrując się, jak sierżant zdejmuje mu kajdanki. Potem uniósł dłonie i roztarł nadgarstki. — Dziękuję! Dziękuję!

Beck się zatrzymała.

— Wiedziałeś, że ten człowiek był rebeliantem?

— Tak, pomyślałem, że może być.

Komandor westchnęła ciężko, bo nagle poczuła się bardzo zmęczona.

— Wszyscy rebelianci i sympatycy Rebelii mają zostać natychmiast rozstrzelani — oznajmiła.

Nie musiała nawet spoglądać na sierżanta, nie musiała się nawet odwracać. Na ułamek sekundy zapadła cisza, a potem blaster szturmowca wypalił i ciało Twi'leka runęło ciężko na ziemię.

– Zabrać go z ulicy – poleciła Beck, a potem znowu wyjęła holoprojektor. Wcisnęła klawisz połączenia i po chwili pojawił się drgający miniaturowy obraz kapitana Hove'a.

– Pani komandor, jakieś postępy? – zapytał kapitan.

– Mam potwierdzenie, że obiekt był tu dzisiaj rano. Chcę, żeby natychmiast przysłano mi cały oddział. Będziemy przeczesywać miasto, zaczynając od portu.

Hove odwrócił się od kamery. Beck patrzyła, jak kapitan przekazuje jej rozkaz niewidocznemu oficerowi na mostku Zaciekłego. Następnie Hove zwrócił się ponownie w jej stronę.

– Jest pani pewna, że on cały czas przebywa na planecie?

– Kapitanie, ma pan większe możliwości niż ja, żeby odpowiedzieć na to pytanie.

– Od naszego przybycia z Motok nie wylatywał stąd żaden statek.

Beck miała już powiedzieć „dobrze", ale coś ją tknęło.

– Kapitanie Hove, zabrzmiał pan jakoś niepewnie.

– Nie, pani komandor. Zupełnie nic nie odlatywało, zapewniam panią.

– Ale...?

Hove poprawił mundur, wygładził stojący kołnierzyk.

– Było kilka lądowań, ale nic szczególnego. Z jednym mieliśmy nieco dłuższą sprawę, jednak nic się nie stało.

– Proszę o relację.

– Lekki frachtowiec Zgubione-Znalezione. Jakieś pół godziny temu dostał pozwolenie na lądowanie. Jego numer rejestracyjny się zgadzał, ale był przestarzały. Sprawdziliśmy go jeszcze raz, już po udzieleniu pozwolenia, i okazało się, że wszystko pasuje do oznaczeń statku kilka dni temu wciągniętego na listę do kontroli. Z tego, co wiem, chodziło o jakieś kłopoty przy odlocie z Tatooine.

– Dlaczego wcześniej pan mnie nie powiadomił?

– Pani komandor, Cyrkon słynie jako gniazdo piratów i szmuglerów. Nie jest niczym szczególnym, że jakiś statek używa tutaj aliasu. Poza tym wszystko było w porządku, dopóki nie sprawdziłem, że to jakiś inny, znany nam statek.

– Które lądowisko?

– Pani komandor, nie sądzę, żeby to miało jakieś znaczenie. Chciałem tylko poinformować...

– Nie pytam pana, co pan sądzi, i wcale o to nie dbam. Które lądowisko?

Podobizna Hove'a nad dłonią Beck odwróciła spojrzenie, żeby sprawdzić coś poza zasięgiem wzroku komandor.

– Lądowisko siedem trzydzieści dwa. Ale naprawdę nie rozumiem...

Beck dźgnęła emiter na swojej dłoni. Obraz Hove'a zniknął w połowie zdania. Byli w doku tysiąc osiemset, co oznaczało, że od lądowiska siedem trzydzieści dwa dzieli ich długa droga.

– Zjawili się, żeby go ratować – powiedziała do sierżanta.

Ruszyła biegiem, a za nią z chrzęstem zbroi natychmiast podążali szturmowcy.

część
DRUGA

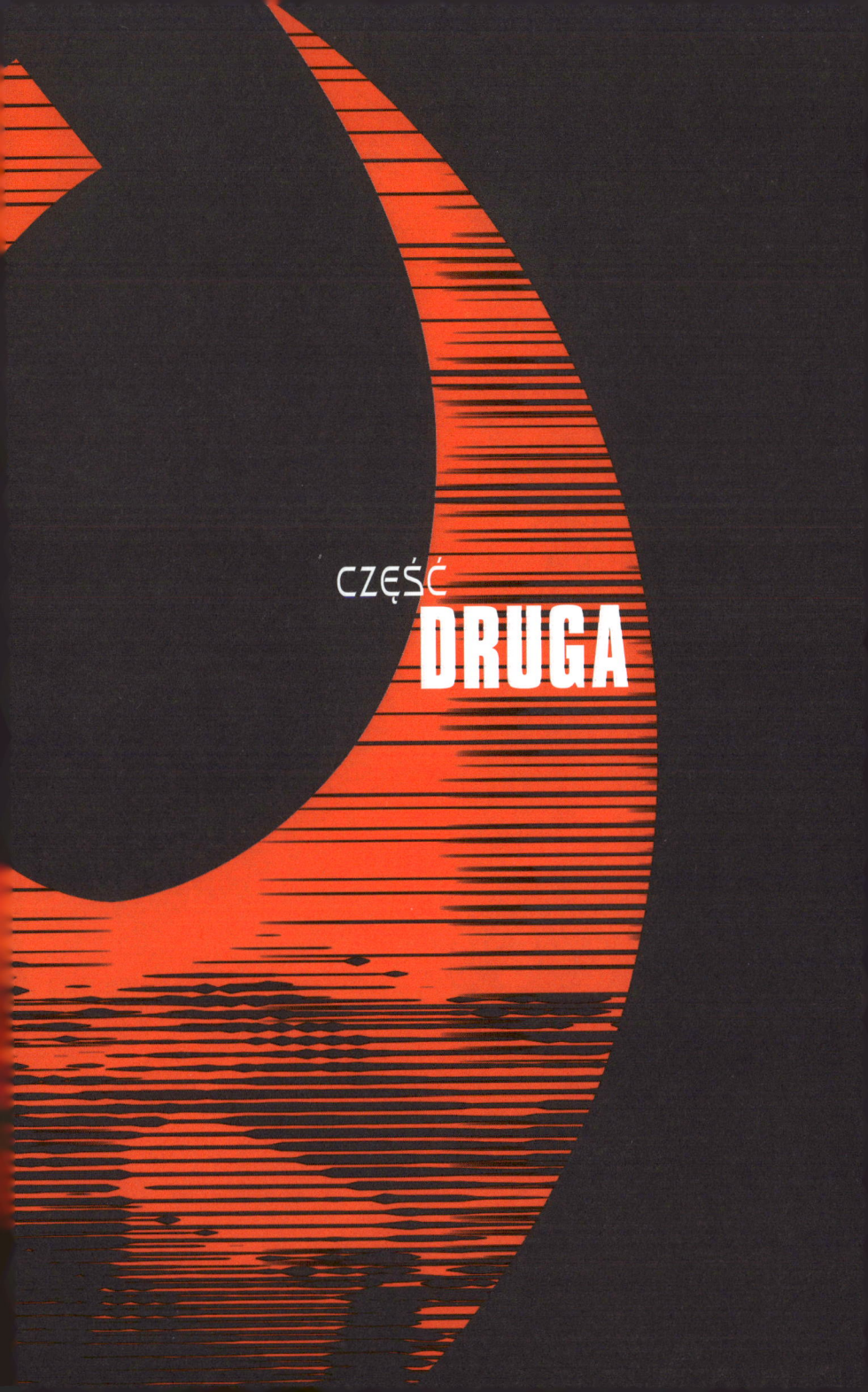

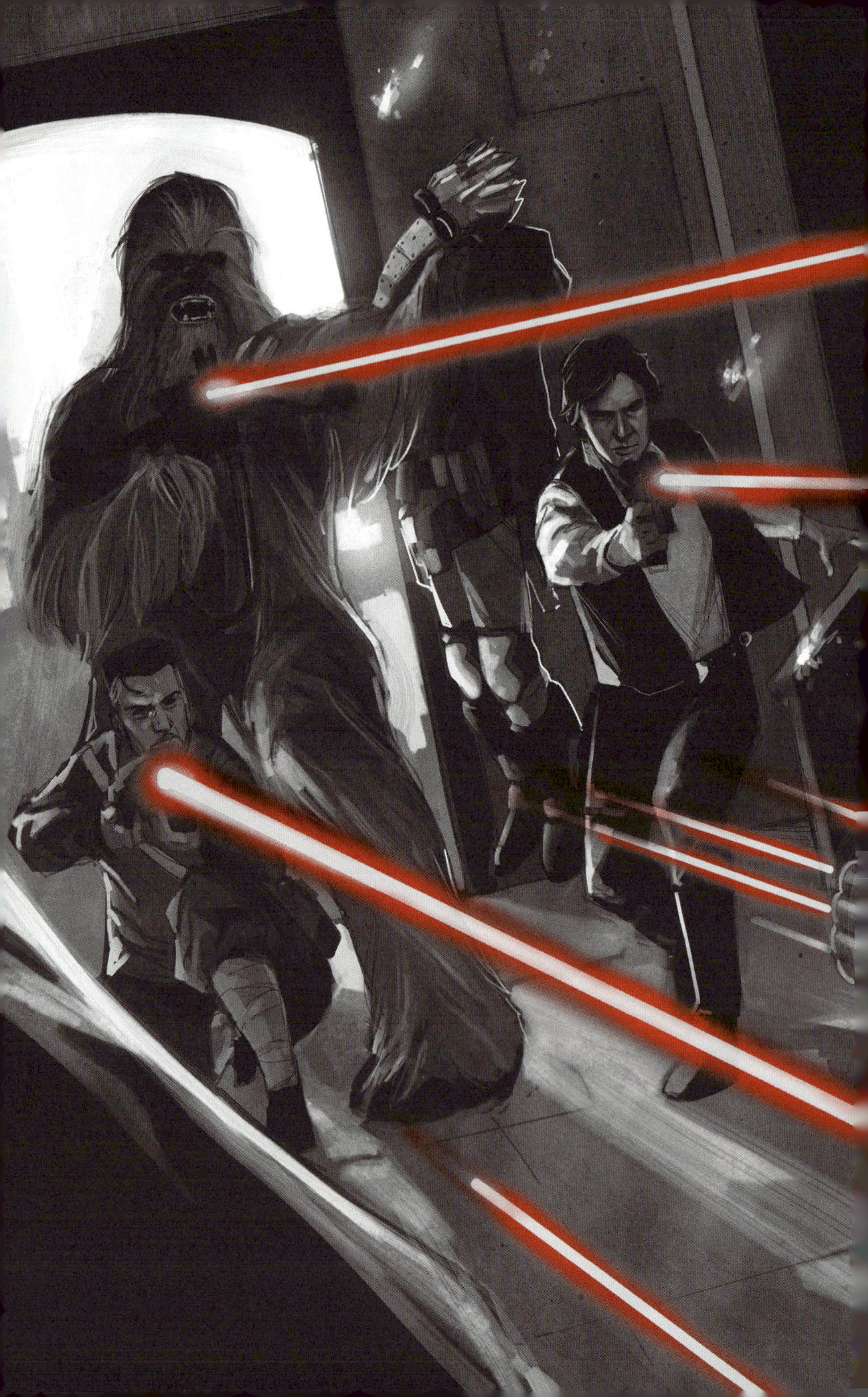

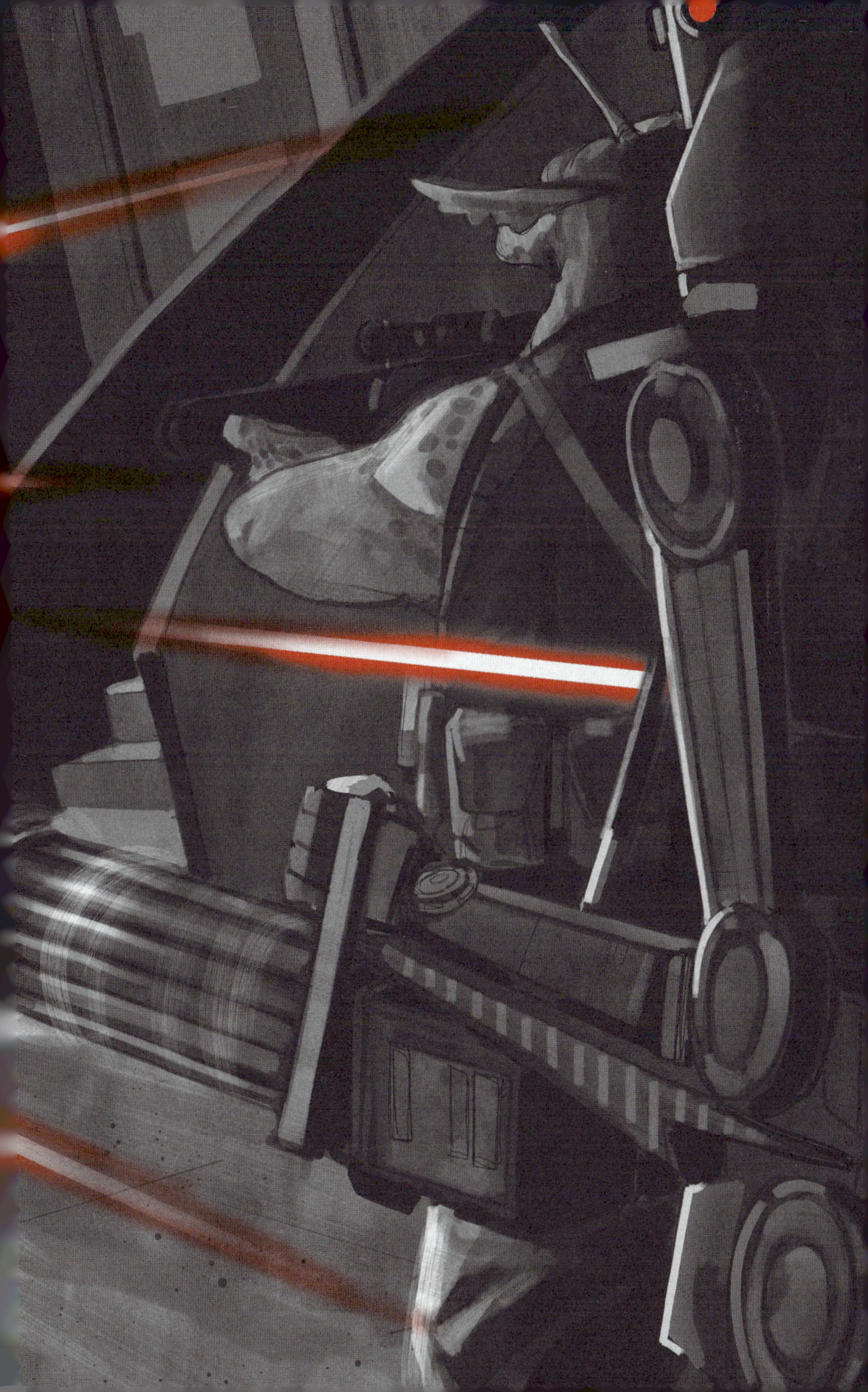

ROZDZIAŁ 05
JAK PECH, TO PECH

ŁUCHAJ – ODEZWAŁ SIĘ SOLO. – A nie możemy o tym pogadać?

Odpowiedzią była kolejna salwa z blasterów, która przeleciała mu nad głową i o włos minęła przewrócony wózek z miejscowymi owocami, za którym się schował. Na ziemię, niczym śnieg, opadł tynk, rozbity w drobny pył. Hanowi od razu zachciało się kichać. Zerknął w prawo, żeby sprawdzić, co tam u Chewiego. Wookiee skrył się za czymś, co kiedyś było nowiutkim, błyszczącym śmigaczem. Wehikuł okazał się na tyle duży, żeby osłonić Chewbaccę przed ogniem łowców nagród – na własne nieszczęście, bo oberwał już kilkanaście razy, a jego przednia szyba rozsypała się w drobny mak.

Solo pomyślał, że właściciel pojazdu, gdy już tutaj wróci, raczej nie będzie zadowolony.

Wookiee przeładował kuszę. Wyjął z bandoliera nowy magazynek i wcisnął go w broń. Burknął na Hana.

– Właśnie próbuję coś wymyślić – odparł Solo.

Padły kolejne strzały. Przykucnięty Solo poprawił swoją pozycję. Chewie patrzył na niego. Han skinął głową, a potem obaj jednocześnie otworzyli ogień.

Łowcy nagród też się pokrywali. Droid stanął za jedną z solidnych kolumn z boku promenady, jednak Gran przez chwilę był odsłonięty. Solo oddał dwa strzały, jeden po drugim. Pierwszy trafił Grana w lewy bark, drugi spudłował. Gran zaklął po huttańsku.

Chewie ryknął. Solo usłyszał charakterystyczny trzask kuszy, potem kątem oka dostrzegł przelot długiego, powolnego pocisku. Strzał z kuszy trafił w kolumnę, za którą chował się droid. Wyparował spory kawał stalobetonu.

Solo znowu się ukrył, zaczerpnął tchu i poprawił w dłoni swój DL-44. Nie wyglądało to dobrze. Tracili czas, a strzelanina pewnie zaraz ściągnie tutaj całą masę imperialnych żołnierzy w zakutych w białe zbroje.

Obok, po ziemi, ze złowieszczym stukotem potoczyło się coś ciężkiego, z wyciem zbliżając się szybko i nieuchronnie. Solo bez namysłu szarpnął nogą i czubkiem buta dosięgnął metalowej kuli. Odkopnął ją w bok, ku prawie pustej promenadzie. Zaraz potem kula eksplodowała, a Han poczuł ulgę, że z tej części portu wszyscy uciekli niemal od razu po rozpoczęciu strzelaniny. Łowcy nagród mieli zwyczaj zjawiać się pod wszelkimi postaciami i we wszelkich rozmiarach, a każdy stosował własne metody. Jedni pracowali bardzo ostrożnie, precyzyjnie i profesjonalnie. Takich można było szanować, nawet jeśli nie pochwalało się sposobu, w jaki zarabiają na życie. Niektórzy jednak dbali wyłącznie o to, aby dopaść łup. Jeśli na ich drodze stawały niewinne osoby, tym gorzej dla tych osób. Stanowiły nieuchronne straty, wliczone w koszta. Sądząc po sile ognia, jaką dysponowali ci tutaj, należeli oni raczej do tej drugiej kategorii.

Jednak Solo z doświadczenia wiedział, że wszystkich łowców nagród łączy jedna cecha.

– Mam pieniądze! – zawołał. – Posłuchajcie mnie! Mam pieniądze dla Jabby!

Strzelanina ucichła. Solo łypnął jednym okiem zza wózka, mocniej ściskając uchwyt blastera. Czterej łowcy nagród nadal się chowali, ale wiedział, że teraz go słuchają.

– Dam je wam. Wszystkie.

Chewbacca spojrzał na niego ze zdumieniem. Solo zupełnie go zignorował.

– Będą wasze, pod warunkiem że nas puścicie.

– Gdzie są? – Głos droida był metaliczny i o niewłaściwej modulacji.

– Na moim statku. Jak mnie puścicie, to je wam przyniosę.

– Solo – w głosie droida zabrzmiało rozczarowanie – jeżeli puszczę cię na statek, to już nie wrócisz. Pójdziemy z tobą.

– Jeśli pójdziecie ze mną, to nic was nie powstrzyma przed strzeleniem mi w plecy, jak tylko dostaniecie forsę.

– Zgadza się.

– Więc rozumiesz, dlaczego myślę, że to kiepski układ.

– Możemy ci zaproponować jeszcze jeden układ – oznajmił droid. – Możemy cię teraz zabić, a potem wziąć zarówno twój statek, jak i twoje pieniądze.

— Żaden z tych układów mi nie odpowiada — stwierdził Han.

Chewie parsknął na znak, że się z nim zgadza.

Solo westchnął, następnie spojrzał wzdłuż promenady, ponad głowami łowców.

Zbliżał się do nich oddział imperialnych szturmowców, prowadzony przez oficera z blasterem w dłoni. Solo schował szybko broń do kabury i spojrzał na Chewiego.

— Odłóż kuszę — syknął.

Wookiee popatrzył na niego tak, jakby Han oszalał, ale kiedy przeniósł wzrok tam, gdzie pokazywał Solo, zrozumiał plan i natychmiast puścił broń.

— Rebelianci! — krzyknął Solo, wskazując mniej więcej w stronę droida.

Łowcy nagród akurat w tym momencie wznowili ostrzał, więc oficer i szturmowcy rozbiegli się błyskawicznie w dwóch grupach i przywarli do ścian po obu stronach promenady. Nad głową Solo przeleciały ładunki z blasterów, które uderzyły o podłogę i ściany w głębi szerokiego korytarza. Han oderwał się od wózka i nisko pochylony pobiegł w stronę oficera, chowającego się za kolumną. W ślad za nim mury rozsypywały się od kolejnych wystrzałów; poczuł, jak żar przypiekł mu włosy, gdy ślizgiem dopadł oficera. Nie mógł złapać tchu i wcale nie musiał udawać przestraszonego,

— Poszaleli! — krzyknął do imperialnego oficera, kobiety. — Szli w stronę jednego ze statków, nagle coś im się stało i po prostu zaczęli strzelać! Chyba próbują uciec!

– Do tyłu! – rozkazała kobieta, spychając go pod ścianę. Była wysoka, prawie wzrostu Solo, blondynka z jednym okiem niebieskim, a drugim cybernetycznym, osadzonym w czarnym metalu wszczepionym pod skórę, które błyszczało piekielną czerwienią. Aż strach było na to patrzeć. Głęboka blizna na jej twarzy po stronie ze sztucznym okiem biegła pionowo od włosów po szczękę. Rana, której ślad stanowiła, musiała okropnie boleć. – Ilu ich jest?

– Chyba czterech – powiedział Solo, otwierając szeroko oczy. – Dwóch obcych i droid. Dowodzi nimi człowiek.

Oficer zacisnęła szczęki i obróciła się na pięcie, dając znaki szturmowcom zajmującym właśnie pozycje.

– Nastawić broń na ogłuszanie. Chcę ich wszystkich żywcem. Będziemy potrzebowali blastera jonowego.

– Mogę wam pomóc – zaoferował się Solo.

– Obywatelu, zrobiłeś już wystarczająco dużo. Zostań tam, gdzie jesteś bezpieczny. Będę chciała z tobą porozmawiać, kiedy ci zdrajcy już trafią do aresztu.

– Mój przy... mój służący tam został, jest w pułapce. – Solo wskazał na Chewbaccę, wciąż przykucniętego za zniszczonym śmigaczem. – Potrzebuję go. Nowy dużo kosztuje.

– Oczyścimy drogę – oznajmiła oficer.

Ponownie odwróciła się do szturmowców i dała im sygnał do natarcia. Ruszyli tak, jak zawsze ruszają szturmowcy: szybko, precyzyjnie, całym oddziałem. Zbliżali się dwiema grupami, zapewniając sobie nawzajem wsparcie ogniowe i szybko pokonując promenadę. Łowcy nadal posyłali salwy w stronę szmuglerów. Albo nie chcieli oddawać swojego łupu Imperium, albo – co bardziej prawdopodobne – jeszcze się nie zorientowali, że bitwa zmieniła przebieg i już nie walczą z Solo i Chewbaccą.

Żołnierze dotarli do śmigacza. Chewie zgarnął swoją kuszę i sadząc długie susy, pobiegł tam, gdzie już czekał na niego Solo. Obaj zerknęli przez ramię na promenadę.

– Jestem komandor Beck z Imperialnego Biura Bezpieczeństwa! – Solo usłyszał okrzyk kobiety. – Rzućcie broń i poddajcie sie, to darujemy wam życie!

Chewie parsknął.

– Zdecydowanie na nas już pora – zgodził się z nim Han.

Kantyna mieściła się w ładowni, a ładownia – wewnątrz statku 1550-LEX, którego przylot widzieli. Wystarczyło tylko chwilę się przyjrzeć, żeby się upewnić, że to właśnie ten statek, o którym myśleli, czyli Panna Fortuna. Bez trudu i nie zwracając niczyjej uwagi, Solo i Chewbacca wślizgnęli się do doku. Podeszli do statku od tyłu, tam gdzie opuszczono rampę ładowni i gdzie o jeden z podnośników hydraulicznych opierał się niezwykle małomówny Shistavanen. Słyszeli dochodzące z wnętrza muzykę i głosy. Shistavanen zatrzymał ich, unosząc dużą, szponiastą łapę.

– Wstęp piętnaście kredytów – warknął. Zadarł wysoko wilczą głowę, żeby spojrzeć Chewbacce w oczy. – Dwadzieścia za Wookieego.

– Jestem przyjacielem Delii – wyjaśnił Solo.

– Każdy jest przyjacielem Delii – powiedział Shistavanen. – Kolego, w sumie trzydzieści pięć kredytów.

– Rozbój w biały dzień – mruknął Solo do Chewbacki, wysupłując kredyty z kieszeni. Rzucił je na dłoń bramkarza. – Tylko nie wydaj wszystkiego od razu.

Weszli po rampie do pomieszczenia, które kiedyś było solidną i całkiem dużą ładownią. Solo uznał, że w zasadzie było nią nadal, tylko jej przestrzeni już nie wykorzystywano w tym celu, zapewne od bardzo dawna. Za to pod przednią grodzią znajdował się w niej długi bar, za nim ustawiono przezroczyste pudła, a w nich butelki najlepszych trunków, jakie tylko galaktyka miała do zaoferowania. Resztę miejsca zajmowało kilka okrągłych stolików, przy każdym stały dwa, czasem trzy stołki. Większość była zajęta.

Ładunek Panny Fortuny stanowiły przede wszystkim płyny, głównie rozweselające i zasadniczo o zawyżonych cenach, jednak sprzedawane w takim miejscu, że trudno byłoby znaleźć bardziej dyskretne. Panna Fortuna nie korzystała z żadnych koncesji, nie płaciła żadnych podatków, a gdyby jakieś miejscowe władze zbytnio zainteresowały się tymi dwoma sprawami, mogła po prostu odlecieć na jakąś inną planetę i tam zacząć wszystko od nowa. Dla tych, którzy żyli w ciągłym ruchu, podróżując od świata do świata: szmuglerów, zwiadowców, najemników, stanowiła idealne miejsce, żeby napić się w spokoju i bezpiecznie, a przy okazji poznać najświeższe wieści.

Solo zbliżył się do kontuaru pierwszy, klucząc wśród stolików i przeciskając się między dwoma pustymi stołkami.

Barmanka, teraz odwrócona do niego plecami, była rasy ludzkiej i miała krótkie rude włosy. Gdy się odwróciła, na jej bladej, nieco piegowatej twarzy rozkwitł szeroki uśmiech. Solo uświadomił sobie, że ona wcale nie patrzy na niego, tylko na Chewbaccę.

– Hej, Wookiee! – zawołała kobieta, stając na palcach i wyciągając ręce, żeby uściskać Chewiego.

Chewbacca sapnął, też ją objął, po czym uniósł nad ziemię. Han dostrzegł, że pod wpływem tego uścisku policzki barmanki stają się prawie tak czerwone jak włosy.

– Chewie, uważaj, bo zgnieciesz Delię – powiedział.

Chewbacca zamruczał, szczeknął i postawił kobietę na ziemię. Delia złapała równowagę i przeczesała włosy palcami, odzyskując oddech.

– Cześć, Solo – rzuciła, starając się nie dyszeć.

– Witam, kapitan Leighton.

Delia Leighton znowu uśmiechnęła się szeroko.

– Słyszałam, że nie żyjesz. Mówili, że Greedo rozpaćkał cię w Mos Eisley, czy coś w tym rodzaju. Prawie nam było smutno.

– Prawie?

– Wciąż nie zapłaciłeś rachunku.

– Mam forsę.

– Czyżby? – Delia oparła się łokciami o kontuar. Kiedy się uśmiechnęła, w kącikach jej oczu pojawiły się zmarszczki. – Pokaż.

– Nie mam przy sobie.

– Wiedziałam, że tak powiesz.

– Mogę cię spłacić. Forsa jest na Sokole. – Solo pochylił się bliżej, ich twarze niemal się zetknęły. – To, co ci wiszę, i jeszcze więcej, jeśli nam pomożesz.

– Zawsze do usług.

– Nie chcę usług, tylko informacji. Szukam kogoś.

– Solo, każdy kogoś szuka. – Delia się wyprostowała, wyjęła ścierkę, wiszącą dotąd za jej paskiem, i zaczęła wycierać bar.

Stary droid typu WA-7 podjechał na pojedynczym kółku i postawił tacę na barze.

– Dwa razy juri, jeden płonący i jedna butelka Bosta – przekazał zamówienie.

Barmanka zaczęła je realizować.

– Delia, trochę nam się spieszy – zauważył Solo.

– A to coś nowego?

– Możesz nam pomóc?

Barmanka postawiła butelkę na tacy i zdjęła kapsel.

– Jeszcze nie powiedziałeś, kogo szukasz.

– Człowieka, mniej więcej dwadzieścia standardowych lat, brązowe włosy, brązowe oczy. Dopiero co przyleciał do Motok, gdzieś w ciągu ostatnich osiemnastu godzin.

– No to szukacie tak z jednej trzeciej ludzi odwiedzających Motok. – Delia postawiła dwie szklanki na tacy droida kelnera, potem sięgnęła po butelkę, nie patrząc, przerzuciła sobie ją nad głową, kciukiem zdjęła zamknięcie i zaczęła nalewać. Ciecz popłynęła, zamigotała, zmieniła kolor na srebrny, aż w końcu zapieniła się w szklankach, roztaczając zapach świeżych owoców. – Jesteś jakiś taki nietypowo ogólnikowy.

— On szuka sposobu na wydostanie się z planety. Spodziewa się podwózki. — Solo znowu się nachylił, żeby pochwycić spojrzenie barmanki. — Spodziewa się bardzo specyficznej podwózki w wykonaniu bardzo specyficznych przyjaciół. Takich przyjaciół, o których wiadomo, że z nimi sympatyzujesz.

Trzeba przyznać, że Delia nie zareagowała od razu. Najpierw dokończyła realizację zamówienia, później się przyglądała, jak droid podnosi tacę i szybko odjeżdża. Odczekała chwilę, następnie z wolna odwróciła wzrok w stronę Solo. Nie sposób było przeoczyć podejrzliwości w jej spojrzeniu.

— Nigdy nie słyszałam, żebyś nadstawiał karku dla kogokolwiek innego niż ty sam — stwierdziła.

— Delia, to ja jestem jego transportem.

— Nie wierzę ci.

— Myślisz, że pracuję dla Imperium?

Barmanka zerknęła na Wookiego, który siedział cicho, nasłuchując. Pokręciła głową.

— Ale są inni, o których wiadomo, że dla nich pracujesz — odparła. — Robale.

— Nawet najgorszego wroga nie sprzedałbym Huttom.

— Oboje wiemy, że to nieprawda.

— No dobra — przyznał Solo. — Najgorszego wroga może i tak. Ale tu nie o to chodzi. Delia, jestem transportem dla tego faceta.

— Mam uwierzyć, że przystąpiłeś do podziemia?

Solo potrząsnął głową.

— Nie, nie ma mowy, absolutnie. To jednorazowa sprawa.

Kobieta przygryzła dolną wargę.

– Chewie?

Wookiee przytaknął.

– Szczerze?

Wookiee przytaknął raz jeszcze i sapnął.

Barmanka potrząsnęła głową, zdumiona.

– Muszą ci strasznie dużo płacić – stwierdziła Delia.

– Dużo za mało – odparł Solo.

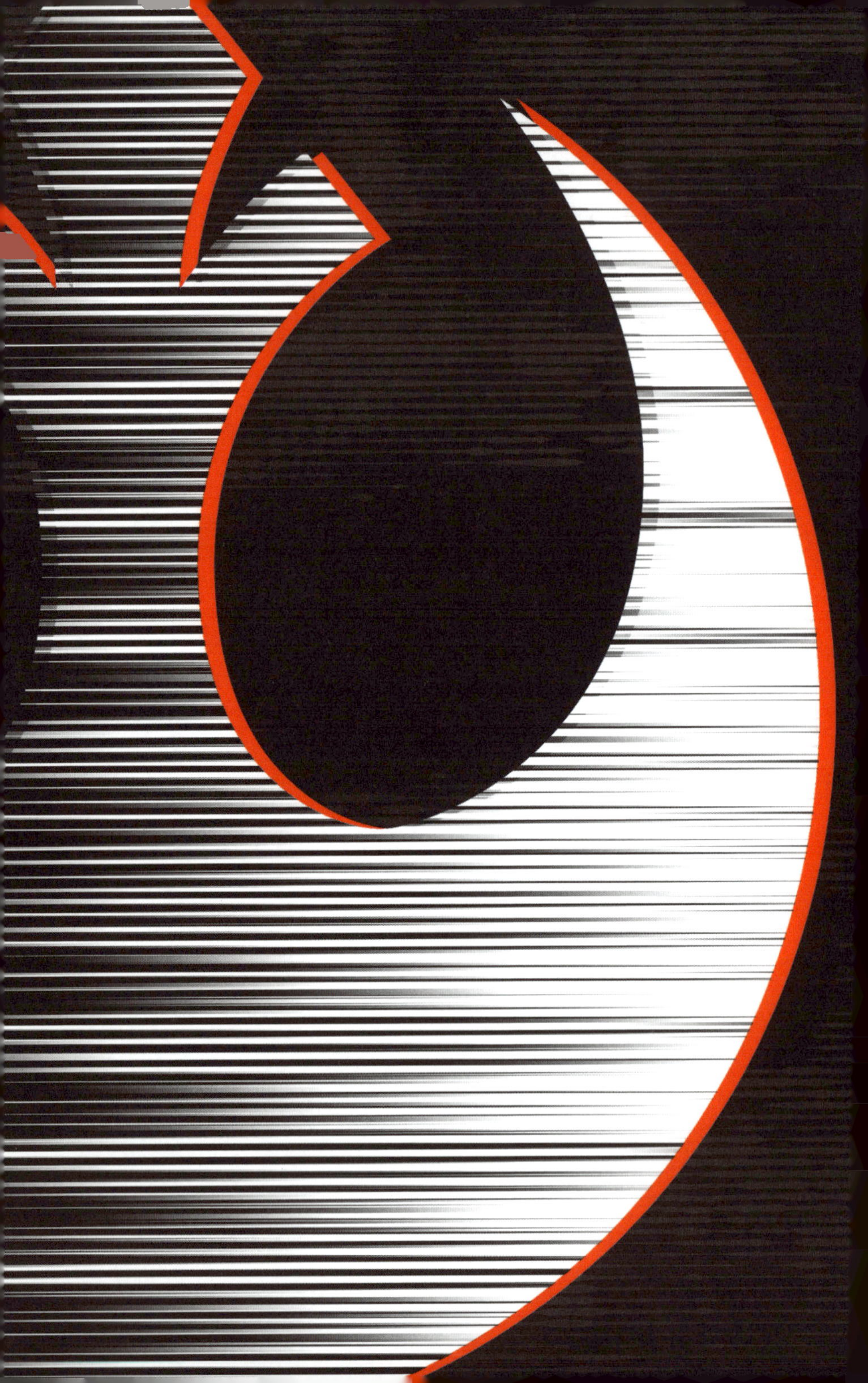

ROZDZIAŁ 06
SCHWYTANIE

WYKONAĆ SIGMA CZTERY – polecił sierżant szturmowców. Dwóch żołnierzy natychmiast ruszyło obiema stronami promenady. Biegli i strzelali. Ćwiczyli to tyle razy, że nie musieli się nad niczym zastanawiać. Otwarcie ognia, zmiana pozycji, otwarcie ognia.

Beck, ukryta za na wpół zniszczonym śmigaczem, patrzyła, jak pada jeden z czterech przeciwników – Kubaz, dwukrotnie trafiony ładunkami z blastera. Pozostała trójka jak gdyby się zawahała, zdawało się, że oszołomiła ich precyzja i szybkość ataku... a wtedy następna grupa szturmowców otworzyła ogień, który powalił Grana. Człowiek, ubrany w cywilne łachy i obwieszony sprzętem z demobilu, częściowo ukrytym pod brudnym płaszczem, zaczął uciekać.

– Zatrzymać go – poleciła Beck.

Nie musiała tego mówić. Tamten nie zrobił nawet czterech kroków, a już został dwukrotnie trafiony w plecy. Jego ciało zalśniło nagle błękitem naładowanych cząsteczek elektrycznych, które natychmiast obezwładniły system nerwowy. Beck przypatrywała się cybernetycznym okiem, jak funkcje życiowe człowieka raptem wariują, a potem wracają do wartości początkowych, gdy elektryczne impulsy napędzające mózg nagle i brutalnie zostają zmuszone do resetu w wyniku szoku całego sytemu nerwowego. Wiedziała, że ten sam proces umożliwia pracę anestezjologom, ale przyglądanie się, jak coś podobnego dzieje się z uciekającym rebeliantem, dawało jej znacznie większą satysfakcję.

Pozostał jeszcze droid, sądząc po wyglądzie, jakiś stary model sprzed wojen klonów. Wysunął się rakiem zza swojej osłony i uniósł broń w górę, jakby miał zamiar się poddać.

– Nie strzelać – powiedział.

Szturmowiec zdjął z ramienia krótkolufową broń jonową i wypalił. Impuls elektromagnetyczny trafił w cel. Robot zaciął się, zadygotał gwałtownie, a gdy ładunek jonowy pędził przez jego obudowę, we wszystkie strony poleciały iskry. Droid wydał z siebie żałosny, prawie dziecięcy jęk, następnie upadł z głośnym brzękiem.

– Całkiem sprawnie – podsumowała Beck. Takie słowa stanowiły chyba najwyższy wyraz uznania, na jaki potrafiła się zdobyć.

Sierżant szturmowców, o numerze służbowym TX-828, zareagował na pochwałę, nieznacznym pochyleniem głowy.

– Dziękuję.

Beck schowała blaster do kabury i ruszyła naprzód.

Po obu stronach promenady zaczęły się pojawiać sylwetki tych, którzy postanowili nie szafować swoim męstwem i schowali się, gdy tylko rozpoczęła się strzelanina. Jedna po drugiej rozsuwały się osłony sklepowych witryn, a szum i popiskiwanie ruszających droidów wtapiały się w dźwięki miejskiego tła, w miarę jak na ulicę z wolna powracały handel i ruch. Przechodnie patrzyli na mijający ich oddział szturmowców. Sierżant kazał żołnierzom rozbroić i skrępować jeńców.

Beck nie zwracała uwagi na otoczenie, skupiona na nieruchomym człowieku na ziemi, którego ciało prawie całkowicie było ukryte pod płaszczem. Zatrzymała się nad mężczyzną, a potem szturchnęła go czubkiem buta. Przez chwilę zamiast niego widziała tamtą Rodiankę, która odebrała sobie życie. Wróciła jej wściekłość, więc pchnęła mocniej nogą i przewaliła nieprzytomnego na plecy.

– Ematt, tak długo czekałam na tę chwilę – powiedziała.

Ale człowiek, na którego teraz patrzyła, nie był Emattem. Komandor przyjrzała mu się uważnie, taksującym spojrzeniem. Zbieranina sprzętu z demobilu i fragmentów zbroi sprawiała, że jego ubiór kojarzył się z żołnierzem armii klonów albo udawanym Mandalorianinem. Broń wypadła mu z ręki. Cybernetyczne oko Beck natychmiast dopasowało pistolet do właściwego schematu technicznego: Merr-Sonn 4, zazwyczaj używany przez siły policyjne, ponieważ można go było przełączać z automatycznego ognia blasterowego na półautomatyczne ogłuszanie. Beck dostrzegła też rękojeść wibronoża wiszącego na pasie i jeszcze drugą broń, w kaburze pod ramieniem.

Oko zidentyfikowało ją jako blaster BlasTech HSB-200, niezbyt efektywny, lecz bardzo łatwy do ukrycia pistolecik. Na pasie wisiały trzy granaty, w tym dwa ogłuszające.

Beck pochyliła się, złapała nieprzytomnego za kołnierz i obszukała wolną ręką. Skanerem wykryła woreczek schowany pod koszulą. Zerwała go ze sznurka, puściła mężczyznę, otworzyła woreczek i wysypała zawartość na dłoń. Kredyty, holodruk i identyfikator. Zerknęła na kartę, a potem ją odrzuciła i ruszyła w kierunku, z którego tutaj przyszła.

– To łowcy nagród – wypowiedziała te słowa tak, jakby były trujące. – To łowcy nagród, a nie rebelianci.

Zatrzymała się na chwilę, uważnie patrząc na promenadę, na której powoli wracał zwykły ruch.

– Tamtych dwóch, człowiek i Wookiee, dokąd poszli?

– Nie zauważyłem – zameldował sierżant TX-828. – Musieli uciec, kiedy ruszyliśmy ku celom.

– Oszukali nas. – Beck poczuła, jak fala wściekłości gna jej wzdłuż kręgosłupa, i z całych sił starała się ją kontrolować. – Nabrali. Tamtych dwóch, właśnie tamtych dwóch, to właśnie byli rebelianci. Przylecieli ratować Ematta. Mogę się założyć.

Za sobą usłyszała zgrzyt wstającego droida. Robot zaterkotał, zaklikał, a gdy odwróciła się w jego stronę, przemówił:

– Ta jednostka nazywa się Chwytacz – oznajmił. – Ta jednostka posiada imperialny certyfikat zezwalający na chwytanie osób poszukiwanych. Zakłóciliście pracę tej jednostki oraz jej wspólników.

Beck podeszła bliżej.

– Droidzie, jeśli chcesz złożyć skargę, zrób to za pośrednictwem Gildii.

– Imperialny oficer źle mnie zrozumiał. – W głowie droida coś zabrzęczało, potem dźwięk zmienił się w szum, który jak podejrzewała Beck, miał być dokładnie tak denerwujący, jakim się jej wydawał. – Osoby poszukiwane nie są rebeliantami. Osoby poszukiwane to szmuglerzy. Człowieka określa się jako Solo, Hana. Wookieego określa się jako Chewbaccę. Nagroda za ich dostarczenie jest... znaczna.

– Dostarczenie?

– Jest znaczniejsza, jeśli zostaną dostarczeni żywcem.

Beck spojrzała na droida, potem na pozostałych: na Kubaza, Grana i człowieka – wszystkich w różnych stadiach powrotu do przytomności. Spostrzegła, że Gran jest ranny, ale nie wyglądało to na nic poważnego.

– Słuchaj, Chwytaczu – odezwała się Beck. – Musimy porozmawiać.

– Ta jednostka używa samoaktualizującego się oprogramowania. – Droid obrócił się na swojej osi centralnej, przekręcając tors o pełne trzysta sześćdziesiąt stopni, podczas gdy jego nogi i głowa pozostawały nieruchome. Oczy migotały mu na żółto i na biało. Beck wydawało się, że maszyna uważnie jej się przygląda. – Ta jednostka posiada dyrektywę samodoskonalenia się. Ta jednostka uzyskała oprogramowanie oraz modyfikacje, czyniące ją najbardziej efektywnym łowcą w galaktyce.

— I z tego, co widzę, także modyfikację ego — zauważyła Beck.

— Ta jednostka nie ma ego. Ta jednostka przekazuje fakty.

— Czyli mówisz, że dasz radę wytropić tamtych dwóch? Solo i Wookieego?

— Zgadza się.

Beck spojrzała na resztę ekipy Chwytacza. Teraz, kiedy doszli już do siebie, nie miała pomysłu, co z nimi zrobić. Kubaz o długim nosie dyndającym spod kaptura wyszeptał coś do człowieka i Grana, dyskutując, nie przestawali się w nią wpatrywać. Robot niewątpliwie stał na czele zespołu, a z tego, co Beck wiedziała o łowcach nagród i o tym, jak pracują, podejrzewała, że w słowach Chwytacza było sporo prawdy.

Poleciła, żeby zabrać ich wszystkich do jednego z niewielkich lokali przy promenadzie, który mógł zapewnić namiastkę prywatności, a potem rozkazała sierżantowi oczyścić okolicę. Lokal okazał się barem, w którym serwowano posiłki dla przedstawicieli obcych ras. W powietrzu wisiał ciężki, tłusty zapach, mieszający się z wonią przypraw pochodzących ze światów, o których Beck pewnie nigdy nie słyszała, nie wspominając nawet o ich odwiedzeniu. Właściciel, człowiek, przyglądał im się podejrzliwie z przeciwległego kąta, pilnowany przez dwóch szturmowców.

Beck zastanawiała się nad tym, czego się dowiedziała.

— Jesteś w stanie zidentyfikować ich statek? — zapytała droida.

— Potwierdzam.

– Wiesz, gdzie on jest?
– Nie potwierdzam. – Chwytacz kliknął. Na jego torsie błysnęła linia świateł. – Ale dla mnie i moich wspólników zlokalizowanie go będzie łatwe.

– Potrzebuję opisu tego statku – powiedziała Beck – jego nazwy, prawdziwej nazwy, a nie jakiegoś aliasu, którego użył przy lądowaniu.

Łowcy nagród, zgromadzeni za Chwytaczem, poruszyli się niepewnie, wymieniając spojrzenia.

– Nie mogę się do tego zastosować – oznajmił droid.
– Nie tylko możesz się zastosować, ale się zastosujesz – odparła komandor. – Albo następne zlecenie będziesz miał na Kessel, a twoi partnerzy zaczną harować w imperialnej kolonii karnej. Nazwa statku i opis. Już.

Na torsie droida zajaśniały nowe światła, potem rozległo się delikatne popiskiwanie hydrauliki. Obrócił głowę, tym razem o osiemdziesiąt stopni, żeby spojrzeć na wspólników. Beck podejrzewała, że robił to na pokaz. Chwytacz miał na głowie z kilkanaście kamer i obiektywów, była pewna, że mógł patrzeć we wszystkich kierunkach jednocześnie, a jego procesory miały na tyle dużą wydajność, żeby błyskawicznie analizować uzyskane dane. Po prostu grał na zwłokę.

– Sierżancie – poleciła Beck – zabrać ich do aresztu pod zarzutem opóźniania działań organów ścigania, a także jako podejrzanych o pomoc terrorystom.

– Tak jest. – Szturmowiec uniósł prawą dłoń, dając sygnał reszcie oddziału.

— Proszę poczekać — odezwał się Chwytacz. Obrócił głowę z powrotem w stronę twarzy Beck. — Jesteśmy lojalni wobec Imperium. Nie będziemy niczego utrudniać.

Sierżant zerknął na komandor, a gdy nieznacznie skinęła głową, zawrócił żołnierzy.

— Czekam.

— Statek to lekki frachtowiec KLT-Kuat — powiedział Chwytacz. — Nazywa się Prawoskręt.

Beck się uśmiechnęła.

— Coś jeszcze?

— Statek można rozpoznać po podobiźnie anioła głębokiej przestrzeni, namalowanej na lewej burcie.

Beck spojrzała w czujniki optyczne robota. Łowcy nagród poruszyli się niespokojnie. Dostrzegła, że ręka Kubaza powolutku przesuwa się w stronę blastera w kaburze na biodrze.

— Ty i twoi partnerzy jesteście wolni — oznajmiła.

Droid zabrzęczał, a łowcy nagród za jego plecami się uspokoili. Dłoń Kubaza cofnęła się i spoczęła na jego boku.

— Niech żyje Imperator — powiedział Chwytacz, następnie obrócił się wokół własnej osi i ruszył w stronę wyjścia z baru, a jego pomocnicy poszli za nim.

Sierżant poczekał, aż zamkną się za nimi drzwi, potem się odezwał:

— Melduję, że moim zdaniem kłamali.

— Wiem, że kłamali. — Beck odwróciła się do właściciela lokalu, który ani drgnął. Uznała, że wzrost ma mniej więcej odpowiedni, może jest trochę za tęgi, ale to nic nie szkodzi. — Od czasu naszego przybycia na Cyrkon niszczyciel gwiezdny Zaciekły nie zarejestrował lądowania żadnego KLT. Szukamy YT-1300. A co do ciebie, właścicielu tego lokalu, to Imperator potrzebuje twojego ubrania.

Właściciel już otwierał usta, żeby zaprotestować, potem przypomniał sobie o dwóch pilnujących go szturmowcach. Rozpiął więc fartuch i zaczął ściągać tunikę.

– Zdejmij zbroję i załóż to – poleciła sierżantowi Beck. – Weź komunikator, idź za nimi. Utrzymuj ze mną kontakt.

– Tak jest – głos sierżanta zabrzmiał tak, jakby szturmowiec się uśmiechał.

– Zabiorę resztę oddziału i zlokalizujemy ich statek. Przy odrobinie szczęścia wpadną w naszą zasadzkę, kiedy będą wchodzić na pokład.

Komandor odwróciła się z powrotem w stronę właściciela, teraz stojącego w samej bieliźnie, i wzięła jego zwinięte w kłębek ubranie podane przez jednego ze szturmowców. Odłożyła je na stolik. Sierżant zdjął już hełm i rękawice i sprawnie odpinał napierśnik. Był starszy, niż się spodziewała, możliwe, że zbliżał się już do czterdziestki. Ciemne włosy zaczynała przyprószać mu siwizna. Beck z pewnym zdziwieniem dostrzegła, że jest klonem, może nawet jednym z ostatnich pełniących jeszcze służbę klonów opartych na oryginalnym wzorcu z Kamino. Takich jak on została już tylko garstka. Komandor nawet nie potrafiła sobie przypomnieć, czy kiedykolwiek wcześniej z jakimś służyła.

– TX-828 – zwróciła się do niego.

— Na rozkaz, pani komandor. — Szturmowiec zdjął już zbroję i teraz zakładał koszulę. Jego głos brzmiał dziwnie, kiedy nie zniekształcał go hełm.

— Jak cię nazywają?

— Słucham? — Żołnierz skończył wciągać koszulę i wziął komunikator podany przez któregoś kolegę.

— Masz jakieś przezwisko. W koszarach. Jak tam ciebie nazywają?

— Strumień, pani komandor.

— Będę używać tej nazwy jako hasła wywoławczego.

Beck przykucnęła, wyjęła nogawkę z cholewy prawego buta i odpięła ukrytą tam niewielką kaburę z blasterem. Wstała, podając ją Strumieniowi.

— Za Imperium.

— Za Imperium.

Patrzyła, jak sierżant wychodzi z baru, błyskawicznie lustruje ulicę, a następnie znika wśród tłumu. Szedł szybko, żeby nadążyć za Chwytaczem i jego pomocnikami.

Komandor odwróciła się do jednego ze szturmowców, właśnie zbierającego elementy munduru Strumienia.

— Znajdźmy ten statek.

ROZDZIAŁ 07
CEL UŚWIĘCA ŚRODKI

DELIA LEIGHTON rozpoznawała kłopoty na pierwszy rzut oka, co stanowiło umiejętność niezbędną dla kapitana statku kosmicznego, a niewykluczone, że jeszcze ważniejszą dla barmanki.

Kłopoty wchodziły właśnie na rampę prowadzącą do ładowni w postaci czterech osobników – jednego droida oraz trzech humanoidów – spierających się z Curtisem, jej wspólnikiem, drugim pilotem i ochroniarzem. Delia sięgnęła pod kontuar obok zlewu i zacisnęła dłoń na rękojeści oberżniętego scattermastera.

– Curtis, wpuść ich! – zawołała.

Shistavanen spojrzał na nią z niezadowoleniem i odsłonił zęby. Delia się uśmiechnęła. Zawsze się uśmiechała, jeśli tylko mogła. Nauczyła się tej sztuki, jeszcze zanim dostała ten statek, kiedy pracowała jako barmanka w kantynie na Lothal. Zbierało się tam szemrane towarzystwo: kosmiczni włóczędzy, szmuglerzy i piraci, należący do wszelkich ras, jakie tylko galaktyka miała w zanadrzu. Był wśród nich stary Duros, który zawsze samotnie pił w kącie i gdy robiło się cicho, opowiadał jej rozmaite historie. Nauczyła się wtedy uśmiechu, przyjaznego podejścia, tego, jak całe godziny spędzać na nogach i jak radzić sobie z kłopotami. Jak rozpoznać, czy ma dalej trwać na swoim miejscu, schować się za stołem czy może już uciekać.

Panna Fortuna należała kiedyś właśnie do tamtego Durosa, który zostawił ją Delii z własnej woli, ku jej sporemu zaskoczeniu. Pierwotna, duroska nazwa statku oznaczała „szczęśliwy traf", ale Delia z trudem wymawiała duroskie słowa, a nikt inny w ogóle nie potrafił ich wymówić, więc ją zmieniła. Chociaż nagle stała się kapitanem, wciąż pozostawała barmanką: połączyła oba zajęcia. Dzięki temu dużo podróżowała i spotykała różne istoty. Niedługo potem dołączył do niej Curtis. Jeśli chodziło o sprawy takie jak Rebelia przeciwko Imperium, jej towarzysz miał więcej współczucia niż rozsądku. Właśnie on przekonał Delię, żeby Panna Fortuna czasem służyła jako skrzynka kontaktowa dla komórek Rebelii.

Przybysze weszli po rampie, droid prowadził. W rękach trzymali broń, jednak żaden jej nie unosił. Kilku klientów siedzących przy pobliskich stolikach podniosło ostrożnie swoje drinki i usunęło się z drogi. Robot WA-7, o imieniu Bobbie, obrócił się w miejscu, idealnie balansując tacą, i przyglądał się przechodzącym intruzom.

— Chłopcy, chcecie się napić? — zapytał, a jego modulator głosu zamigotał przy tych słowach.

Czwórka przybyszy podeszła do baru, nie zwracając na niego uwagi.

– Obawiam się, że nie jesteśmy tutaj w stanie obsłużyć droida – zauważyła Delia. Wciąż się uśmiechała.

Droid obrócił się w miejscu. Jego głowa, a potem tułów dwukrotnie zawirowały, gdy rozglądał się po barze, następnie przestał się poruszać równie nagle, jak zaczął. Ożywił się za to jeden z jego czujników optycznych, zajaśniał na niebiesko, a zaraz potem wystrzelił strumieniem światła takiego samego koloru. Przeskanował nim Delię od stóp do głów.

– To trochę nieuprzejme. – Barmanka wciąż się uśmiechała.

– Był tutaj Wookiee – stwierdził droid. – Analiza atmosfery wykazała obecność piżma. Analiza optyczna wykryła na twoim ubraniu trzy włosy Wookieego. Miałaś z nim bliską styczność.

Delia mocniej zacisnęła dłoń na rękojeści broni schowanej pod barem, ale nie przestawała się uśmiechać.

– Kto pyta? – odparła.

– Wookiee podróżował z człowiekiem, Korellianinem o nazwisku Solo, imieniu Han. Zweryfikuj.

– Kto pyta? – powtórzyła Delia.

Przybysze unieśli broń, zrobili to bardzo szybko, a Delia nagle znalazła się po niewłaściwej stronie pięciu blasterów. Gran, stojący z prawej strony droida, walnął pięścią w blat.

– My pytamy!

– Panienko, jeśli trzymasz teraz rękę na broni, to radziłbym przestać i zrobić krok w tył – polecił człowiek.

— Zweryfikuj — powtórzył droid.

Curtis zszedł z rampy i teraz powoli, cicho skradał się od tyłu do napastników. Delia próbowała chwycić jego spojrzenie, ostrzec go, lecz albo jej nie zauważał, albo ją ignorował. Złapał uchwyt wiszącego przy pasie kija-paralizatora, którego używał wobec zbyt rozochoconych klientów. Przesunął szponiasty kciuk w stronę przycisku uruchamiającego broń. Kij natychmiast wydłużył się z obu stron i zatrzasnął w tej pozycji, zmieniając się w długi kostur. Oba jego końce zajaśniały od przepływającej energii.

Droid okręcił tułów. Delia sięgnęła po strzelbę, lecz Gran i człowiek przyskoczyli do niej, każdy chwycił ją za jedno ramię. Curtis był już w połowie susa, zamachując się na droida, kiedy padł pojedynczy strzał.

Delia Leighton przestała się uśmiechać.

— Nie!

Curtis z rykiem grzmotnął na podłogę. Próbował się podnieść, ale droid strzelił ponownie. Tym razem ładunkiem ogłuszającym. Delia, trzymana za ramiona przez człowieka i Grana, patrzyła, jak jej przyjaciel pada, a kij wysuwa mu się z ręki i toczy po podłodze.

— Brać go — polecił droid.

Ostatni z czwórki intruzów, Kubaz, pochylił się i szarpnął Curtisa, stawiając go brutalnie na nogi. Mocnym chwytem ramienia złapał go za gardło.

— Przyłóż mu blaster do głowy — polecił Chwytacz.

Kubaz spojrzał na droida i coś zagulgotał.

– Jeżeli nie wykonamy swojego zlecenia w ustalonym terminie, mogą wystąpić pewne komplikacje. – Głowa droida się obróciła, jego główne czujniki optyczne skupiły się na Kubazie. – Nie zamierzamy konkurować z Bobą Fettem.

Kubaz zagulgotał ponownie na znak, że się z nim zgadza, a potem wolną ręką przyłożył blaster do szczęki Curtisa.

– Mój wspólnik zabije tego Shistavanena, jeżeli natychmiast nie zweryfikujesz uzyskanych danych. – Tors droida odwrócił się z powrotem w stronę Delii, z wycelowaną w nią bronią. – Zweryfikuj.

– Tak było – powiedziała Delia. – Puść go!

– Niewystarczające dane. Podaj czas, licząc od tej chwili.

– Niedawno, przed niecałą godziną. – Barmanka patrzyła na Kubaza coraz mocniej przyciskającego blaster do szyi Curtisa. – Proszę, puść go.

– Gdzie znajdują się obecnie?

Delia się zawahała. Curtis pisnął cicho z głębi gardła, otworzył oczy. Wpatrywał się w nią.

– Poszli do miasta – rzuciła Delia. – Poszli na zakupy.

Droid przez chwilę mruczał sam do siebie.

– Ta jednostka wyposażona jest w zestaw czujników biomedycznych oraz system analizy głosu, który precyzyjnie wykrywa kłamstwo. Kłamiesz.

– Nie kłamię. Nie…

Głowa droida obróciła się w stronę Kubaza, jakby robot na niego spojrzał.

– Zabij tego Shistavanena za pięć sekund.

Delia szarpnęła się w uchwycie trzymających ją rąk, jej ogarnięte paniką serce zaczęło gwałtownie bić.

— Nie! Nie, mówię prawdę!

— Cztery sekundy.

— Proszę...

— Trzy.

— Proszę, posłuchaj...

— Dwie.

— Poszli się z kimś spotkać! — wyrzuciła z siebie barmanka, krzycząc z desperacji. — Mieli się z kimś spotkać!

Głowa droida obróciła się, żeby na nią spojrzeć.

— Podaj lokalizację.

Delia poczuła wzbierające łzy, jakby nagły ból gdzieś z tyłu oczu. Zwiotczała w uchwycie. Curtis patrzył na nią, szeroko otwierając żółte oczy. Błagał spojrzeniem, żeby nie zdradzała rebeliantów.

Nie miała wyboru.

Powiedziała im wszystko.

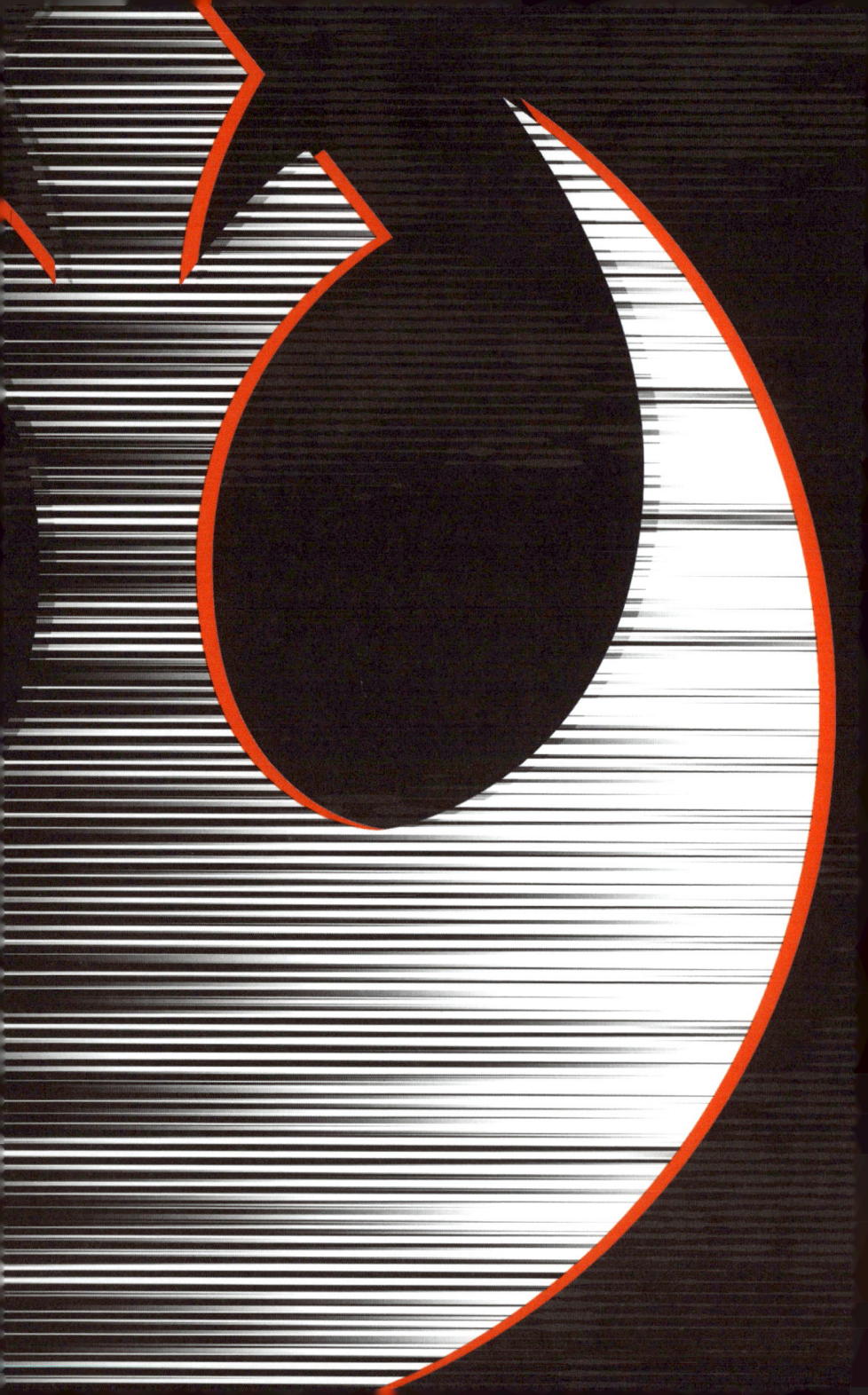

ROZDZIAŁ 08
WOOKIEE I REBELIA

Z DANIEM HANA SOLO jedynie kopuła różniła Motok od tysięcy innych miast na Zewnętrznych Rubieżach, jakie szmugler odwiedził do tej pory. Zresztą ta cecha też nie była czymś wyjątkowym. To było po prostu kolejne miasto założone przez kolonistów przybyłych ze Światów Centralnych w poszukiwaniu szczęścia i lepszego życia. Dojrzało, rozkwitło, zmierzyło się z przeciwnościami losu, zbudowało kopułę – a życie toczyło się dalej. W Motok mieszkali tacy, którzy urodzili się, żyli i pewnie umrą, nie opuściwszy kopuły, nie dowiedziawszy się, jak to jest oddychać świeżym powietrzem albo czuć prawdziwe zmiany pogody, naturalny deszcz, śnieg lub suchy żar pustynnego świata. Solo trochę ich żałował. Galaktyka była tak wielka, wszechświat – jeszcze większy. Jeśli ktoś nawet nie próbował jej trochę poznać, to w zasadzie marnował sobie życie.

W porcie wynajęli śmigacz poduszkowy, jeden z tych nowych V-40, który jednak nie podobał się Chewbacce, zwłaszcza że nie projektowano go z myślą o Wookieem. Pojazd był niewielki i zgrabny, niebieskoszary, o czarnych listwach bocznych, z odsuwanym dachem. Jednak nie tym Solo kierował się przy wyborze. Przede wszystkim śmigacz rozwijał duże prędkości, a Han wiedział, że niedługo zaczną ich szukać imperialni. O ile już nie szukają. Szybkość, jak wiele razy wcześniej, stanowiła jego najważniejszy atut. Wynajęcie pojazdu kosztowało sporo, jednak Solo uznał, że nie muszą się liczyć z kredytami, a rachunek, przy najbliższym spotkaniu, przekaże Jej Książęcej Upierdliwości oraz Sojuszowi Rebeliantów.

Solo, programując nowoczesny komputer nawigacyjny śmigacza, jako punkt docelowy ustawił ulicę w pobliżu miejsca podanego przez Delię. Wciąż był na nią trochę zły, bo nie chciała wierzyć, że pracuje dla rebeliantów. Potem zaczął się zastanawiać, dlaczego w ogóle się przejmuje tym, co Delia o nim myśli. Jeszcze bardziej go rozdrażniło to, że czekała na potwierdzenie od Wookieego. Jakby jego słowo nie wystarczało. Jasne, przecież czasem kłamał, czasem oszukiwał, czasem kogoś ogrywał – ale nigdy przyjaciół.

– Można mi zaufać – ni z tego, ni z owego odezwał się do Chewiego. – To znaczy ty mi możesz zaufać, prawda?

Wookiee poprawił się w fotelu. Kolana trzymał pod brodą i wciąż starał się usadowić jakoś wygodniej. Wydał z siebie całą serię niskich pomruków zakończonych warknięciem.

– To co innego – odpowiedział Solo – Wiesz, że to co innego. Kiedy masz do czynienia z takimi jak Jabba, to musisz się mieć na baczności. Takie typy zawsze szukają okazji, żeby cię wykiwać. Cały dowcip polega na tym, żeby nabrać ich, zanim oni nabiorą ciebie.

Chewbacca zaryczał i znowu cicho warknął.

– Podaj jeden przykład. Chociaż jeden.

Wookiee zaburczał i zaczął mówić. Solo przerwał mu mniej więcej po trzydziestu sekundach.

– No dobra, już swoje powiedziałeś.

Chewie zachichotał.

– Wróciliśmy, żeby pomóc dzieciakowi.

Parsknięcie.

– W ogóle nie chodziło o nagrodę.

Kolejne parsknięcie.

– Księżniczka na tyle mi zaufała, żeby nas o to poprosić.

Chewie wygładził futro na kolanach i spojrzał na Hana. Burknął.

– Dobra, dobra, zaufała nam obu. Tak jak Delia.

Chewbacca potrząsnął tylko głową i zaryczał cicho w odpowiedzi. Śmigacz opuścił główną aleję: skręcił w wąską boczną uliczkę. Budynki były coraz niższe, okolica wyraźnie robiła się gorsza, o czym świadczyła też mniejsza liczba przechodniów i zepsute oświetlenie.

– Tak – powiedział Solo, bardziej do siebie niż do przyjaciela. – Tak, masz rację. Ufają tobie, a nie mnie.

Komputer nawigacyjny zabrzęczał. Solo zatrzymał śmigacz i wylądował za rogiem, w pobliżu miejsca, którego adres dostał od Delii. Wspólnie z Chewiem przez chwilę przyglądali się ulicy. Zauważyli, że jest pusta, jeśliby nie liczyć jakiegoś miejskiego droida sprzątającego, który toczył przegraną bitwę ze śmieciami. Solo podciągnął się i przerzucił nogi ponad burtą śmigacza. Chewbacca, warcząc do siebie, zrobił to samo, ale zabrało mu to więcej czasu.

— Przestań już narzekać — powiedział Solo. — Następnym razem załatwię coś większego, dobrze?

Wyszli za róg i ruszyli ulicą. Przed nimi migotał zepsuty szyld, na zmianę pokazując, że są wolne pokoje albo że ich nie ma, w zależności od tego, jak zadziałały obwody elektryczne.

Drzwi do hotelu rozsunęły się przed nimi, ale jedno skrzydło się zacięło, przez co Chewbacca musiał nie tylko się schylić, żeby nie uderzyć głową o framugę, ale jeszcze przeciskać się bokiem. Solo wszedł do holu pierwszy, nie zwracając uwagi na droida recepcjonistę za kontuarem. Widywał już tańsze hotele, ale tego nie poleciłby znajomym.

Na ławce przy windach spał jakiś starszy mężczyzna. Obudził się, ziewnął i spojrzał na nich.

— Twój kolega powinien się ogolić — zauważył.

— Czegoś takiego to jeszcze nie słyszałem. — Solo sięgnął do kieszeni, wyjął kilka kredytów i pokazał mężczyźnie.

— Chcesz trochę zarobić?

— Zależy, co mam zrobić.

— Jak zobaczysz, że wchodzi tu ktoś, kto nie pasuje wyglądem, to uruchomisz alarm ekologiczny. Dobrze?

— Masz na myśli kogoś innego niż on? — Mężczyzna wskazał na Chewbaccę.

— Wiesz, kogo mam na myśli.

Starzec przyjrzał się kredytom trzymanym przez Solo.

– Mogę to zrobić.

– Udzielam ci kredytu zaufania – rzucił Han.

Wyszli z windy na ciemny korytarz. W powietrzu unosił się silny odór starego jedzenia i potu. Chewie poluzował pas nośny kuszy, chwycił broń i rozejrzał się w obie strony. Solo ruszył przed siebie, odczytując numery na drzwiach pokojów. Prawą rękę opuścił na kaburę i odpiął pasek podtrzymujący blaster. Wookiee wydał prawie bezgłośne szczeknięcie.

– Tak, kumplu – odparł Solo. – Ja też.

Dotarli do drzwi pokoju, którego numer podała im Delia. Obok był dzwonek, ale Solo go zignorował. Delia kazała zapukać. Stuknął więc kłykciami pod wizjerem.

– Jesteśmy po przesyłkę – powiedział. – Z Alderaana.

Nastała cisza. Solo czuł, jak za nim Chewbacca sprawdza korytarz, osłaniając mu plecy.

– Pamiętam Alderaana – odezwał się głos zza drzwi.

– Nigdy go nie zapomnimy – odparł Solo.

Magnetyczny zamek drzwi odsunął się z głośnym „stuk".

– Wejdź – powiedział głos.

Solo wymienił spojrzenie z Chewiem, a następnie wdusił przycisk „OTWÓRZ", umieszczony obok dzwonka. Drzwi natychmiast się rozsunęły, ukazując pokój węższy nawet od korytarza i jeszcze gorzej oświetlony. Jedyne źródło światła, w ścianie po lewej, zamigotało, potem na chwilę rozbłysło jaskrawo i wtedy Solo dostrzegł mężczyznę ubranego jak uchodźca – w podartą tunikę i poncho. Wyglądał on na najwyżej dwadzieścia kilka lat oraz jak ktoś, kto żywi się głównie koktajlem podejrzeń i zmartwień. Ręce chował pod poncho. Solo doskonale wiedział, co w nich może trzymać.

– Zamknijcie za sobą – polecił mężczyzna.

Solo wszedł już na tyle w głąb pokoju, żeby zmieścił się tam również Chewbacca. Drzwi zasunęły się z jękiem, a na suficie zajaśniało pojedyncze jaskrawoniebieskie światło.

– Kim jesteście?

– Han Solo, kapitan Sokoła Millennium. A to Chewbacca, mój wspólnik. – Solo wskazał kciukiem Chewiego, wznoszącego się za jego ramieniem.

Mężczyzna spojrzał na nich, potem wyjął obie ręce spod poncho. Puste.

– Ematt. Jesteście moim transportem?

– Jesteśmy twoim transportem. Im prędzej się stąd wyniesiemy, tym lepiej.

– Nie zaprzeczę.

Światła nagle zmieniły kolor, zamigotały na czerwono. Po chwili zaczęły wyć syreny. Ematt zerwał się na nogi, wsadził rękę pod poncho i tym razem wyjął karabin blasterowy z oberżniętą lufą – pewnie chodziło o to, żeby łatwiej ukryć broń. Spojrzał na nich oskarżycielsko.

– Przyprowadziliście za sobą Imperium?

– Niechcący – przysiągł Solo i wyciągnął pistolet.

Chewbacca otworzył drzwi i wystawił przez nie głowę, trzymając kuszę gotową do strzału. Ryknął przez ramię do Solo.

- Chewie mówi, że jest czysto. Powinniśmy iść.
- Drzwi na końcu korytarza - polecił Ematt. - Bezpieczniej niż windą.
- Tak jest - odparł Solo.

Wookiee szedł na przedzie, a długie nogi niosły go tak szybko, że Solo i Ematt musieli biec, żeby dotrzymać mu kroku. Dotarli do wyjścia. Solo odczytał napis na drzwiach: „ZAMKNIĘTE W TRYBIE AWARYJNYM".

- Alarm ekologiczny - wymamrotał. No jasne, budynek odizolował się od otoczenia.
- Do windy - syknął Ematt.
- Otwórz ją! - Solo zawołał do Chewiego, zawracając w stronę windy, przyciśnięty bokiem do ściany.

Ematt zrobił to samo, idąc drugą stroną korytarza z uniesionym karabinem. Za nim rozległ się trzask rozdzieranego metalu, kiedy Chewie wyrwał ze ściany panel windy i zaczął stykać końcówki kabli.

- Nie rób zwarcia! Po prostu otwórz!

Chewbacca warknął, a Solo uznał, że lepiej już mu niczego nie mówić. Tym bardziej że winda zadzwoniła, jej drzwi się rozsunęły i ukazał się w nich droid z portu. Łowca nagród okręcił się, zwracając w ich stronę, stanął pewnie i podniósł dwa pistolety.

Kątem oka Solo dostrzegł wściekle spojrzenie Ematta.

- Tyle w tym dobrego - zauważył - że to nie imperialni.
- A kto to jest? - zapytał Ematt.
- Łowcy nagród.

Droid otworzył ogień i odstrzelił kawałek tynku nad Hanem.

– Łowcy nagród?! – W głosie rebelianta zabrzmiało niedowierzanie. – Dałeś się wyśledzić łowcom nagród?!

– Nie dałem! – Solo strzelił dwa razy i dwa razy trafił. Jednak nie wydawało się, żeby robot oberwał, skoro natychmiast odpowiedział ogniem. – To Delia nas sprzedała!

Za nim Chewie zaryczał wściekle, a Solo obrócił się w samą porę, aby zobaczyć, że Wookiee dał sobie spokój z przełączaniem kabli windy i teraz obie łapy wsadził w szczelinę między skrzydła drzwi do klatki schodowej. Ryknął jeszcze głośniej, a drzwi nagle się rozsunęły, z satysfakcjonującym odgłosem dartego metalu. Chewie zerknął na Hana, zadowolony z siebie.

– Tak, jesteś bardzo silny. Jazda! – Solo wskazał na Ematta. – Idziemy!

Rebeliant przycisnął napastnika ogniem: trzema szybkimi strzałami z karabinu, potem dołączył do Solo, strzelił jeszcze cztery razy. Wreszcie oderwał się od ściany jednym susem i skoczył przez drzwi. Chewie ruszył za nim. Solo ponownie otworzył ogień, następnie w ślad za towarzyszami pobiegł na klatkę schodową. Jakimś cudem Chewie znowu był z przodu, ściskając kuszę w jednej łapie. Ematt zbiegał za nim. Han, pędząc na końcu, oglądał się przez ramię. Przez kilka sekund nic się nie działo, słychać było tylko, jak biegli na dół ile sił w nogach. Potem u góry rozległ się wystrzał z blastera. Ładunek roztrzaskał beton zaledwie centymetr od prawej stopy Solo. Ten odpowiedział ogniem w górę klatki schodowej, nawet tam nie patrząc.

Zagrzmiał ryk Wookieego, aż zadudniło echo. Solo spojrzał w dół, ponad Emattem. Chewie dotarł do końca schodów, ale Kubaz przewidział ich ruchy i próbował teraz odciąć im tam drogę. Han przepchnął się obok rebelianta, uniósł blaster, starając się wycelować, ale miał niedobrą pozycję. Chewie i Kubaz byli za blisko siebie, żeby ryzykować strzał. Wookiee znowu zaryczał, a potem chwycił Kubaza za poły koszuli, podniósł go jedną ręką i cisnął nim o ścianę. Następnie wyrzucił łowcę nagród przez otwarte drzwi, prosto do holu.

– Racja – stwierdził Ematt. – On jest silny.
– Szybko! – krzyknął Solo.

Wpadli do holu, gdzie na ławeczce wciąż siedział stary mężczyzna.

– Zrobiłem, o co prosiłeś. – Starzec wyciągnął dłoń.

Solo wcisnął mu kilka kredytów i przebiegł przez hol z Emattem u boku. Chewie znalazł się teraz z tyłu. Han usłyszał ponownie charakterystyczny trzask wystrzału z kuszy i basowe łupnięcie pocisku o ścianę. Bardziej świszczące odgłosy wystrzałów blasterowych przegnały ich na ulicę. Solo zwrócił głowę w stronę ich śmigacza, przy okazji dostrzegł jakiś ruch po prawej. Ktoś chował się tam za pojazdem, który – jak się domyślał – był śmigaczem łowców. Han chwycił Ematta za poncho, następnie pociągnął w dół, aż obaj upadli. Nad ich głowami syknął wystrzał z blastera i wybił dziurę w fasadzie hotelu.

– Nie nastawili na ogłuszanie – stwierdził Solo. A potem z oburzeniem dodał: – Próbują nas zabić!

Wookiee się schylił i szarpnięciem postawił Hana na nogi, a ten z kolei podniósł Ematta. Chewie parsknął.

– Żywi – odezwał się Solo. – Więcej jesteśmy warci żywi!

– Mniej gadania, więcej biegania – skwitował Ematt.

Dotarli za róg i skręcili, gdy kolejny wystrzał o włos minął ramię Solo. Kilka metrów od miejsca, gdzie Han zaparkował poduszkowiec, stał jakiś motośmigacz. Wcześniej go tam nie było, więc teraz Solo o mało się z nim nie zderzył. Wyminął go i pobiegł dalej, do V-40. Wskoczył na przedni fotel pojazdu, ciesząc się, że zostawił otwarty dach. Ematt wylądował obok, na miejscu dla pasażera. Pod śmigaczem aż ugięła się poduszka grawitacyjna, kiedy na tył wskoczył Chewie. Solo szybko uruchomił silnik, wrzucił bieg i szarpnął za stery, a śmigacz pomknął, zawracając o osiemdziesiąt stopni. Przed nimi, na otwartej przestrzeni, stał teraz człowiek z karabinem gotowym do strzału. Broń miała lunetę. Solo mógłby przysiąc, że czuje na sobie celownik, którego linie krzyżują mu się gdzieś między oczami. Śmigacz zawył, pędząc w stronę snajpera.

Solo uświadomił sobie, że tamten za chwilę wystrzeli. A on nie mógł już nic zrobić, nie mógł wykonać uniku ani nigdzie skręcić. Przeciwnik miał go na widelcu.

Ematt przykucnął na jedno kolano. Uniósł karabin i wystrzelił. Solo był pewien, że rebeliant spudłuje, jednak łowca nagród zachwiał się i upadł, a jego pocisk pomknął gdzieś w pustkę. Solo zakręcił w stronę hotelu. Przemknęli obok wejścia, akurat gdy wyłaniali się z niego Gran i droid. Chewie oddał pojedynczy strzał, pocisk z kuszy eksplodował nad głowami łowców nagród, a Wookiee zanurkował, dzięki czemu uniknął ognia przeciwników. Solo zobaczył we wstecznych monitorach, że Gran pada, przygnieciony gruzem. Droid jednak nadal trzymał się na nogach. Zaczął do nich strzelać i jeden z ładunków musnął tył śmigacza.

– Mam nadzieję, że macie jakiś plan – stwierdził Ematt.

– Tak, mamy plan – odparł Solo. – Lecimy do portu, wsiadamy na statek i odlatujemy. To cały plan. I jest to dobry plan.

– To nie jest jakiś bardzo sprytny plan.

– Jeśli sobie życzysz, zawsze mogę cię jeszcze odwieźć do hotelu – odparował Solo.

– Nie, dziękuję. Wypróbujmy ten twój plan.

Solo skręcił gwałtownie śmigaczem na główny szlak i wcisnął gaz do dechy. Budynki i inne pojazdy rozmazały się w pędzie. Chewbacca przeładowywał broń.

– Sprzedała nas – stwierdził Solo.

Wookiee warknął wściekle.

– To jak nas znaleźli?

– Mógłbym podać kilka innych powodów – odezwał się Ematt rozparty na siedzeniu. – Zdrada to nie jest jedyna opcja.

– Racja, ale taka, do której przywykłem.

– W takim razie żal mi ciebie. Zaufanie jest równie cenne, jak rzadkie, ale można je uzyskać, tylko je okazując.

Ematt strasznie przypominał tamtego starca.

– Zaufania się nie dostaje, zaufanie trzeba zdobyć – odparł Solo. – Tak jak przyjaźń.

– To musisz być bardzo samotny – stwierdził Ematt.

CZĘŚĆ TRZECIA

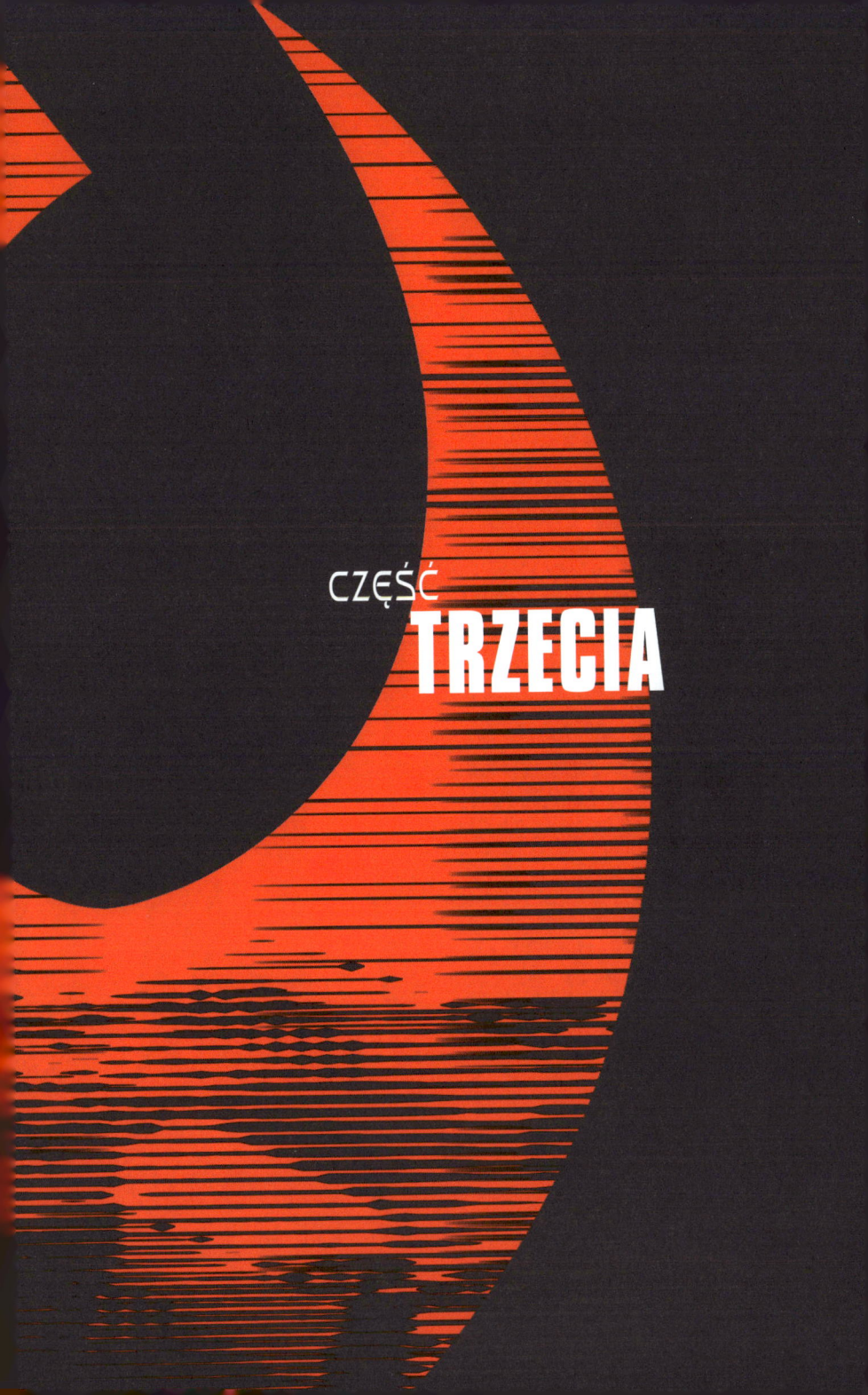

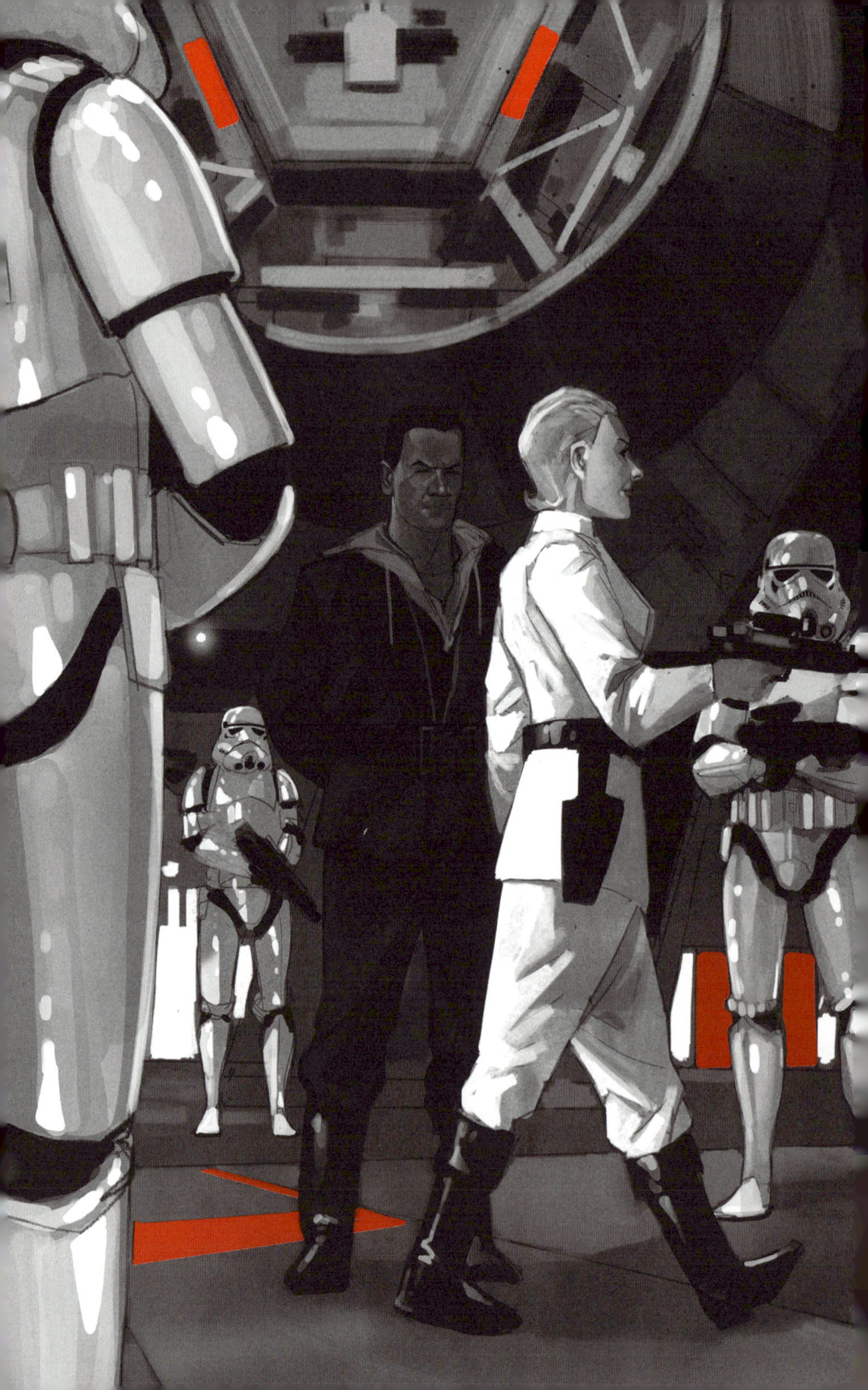

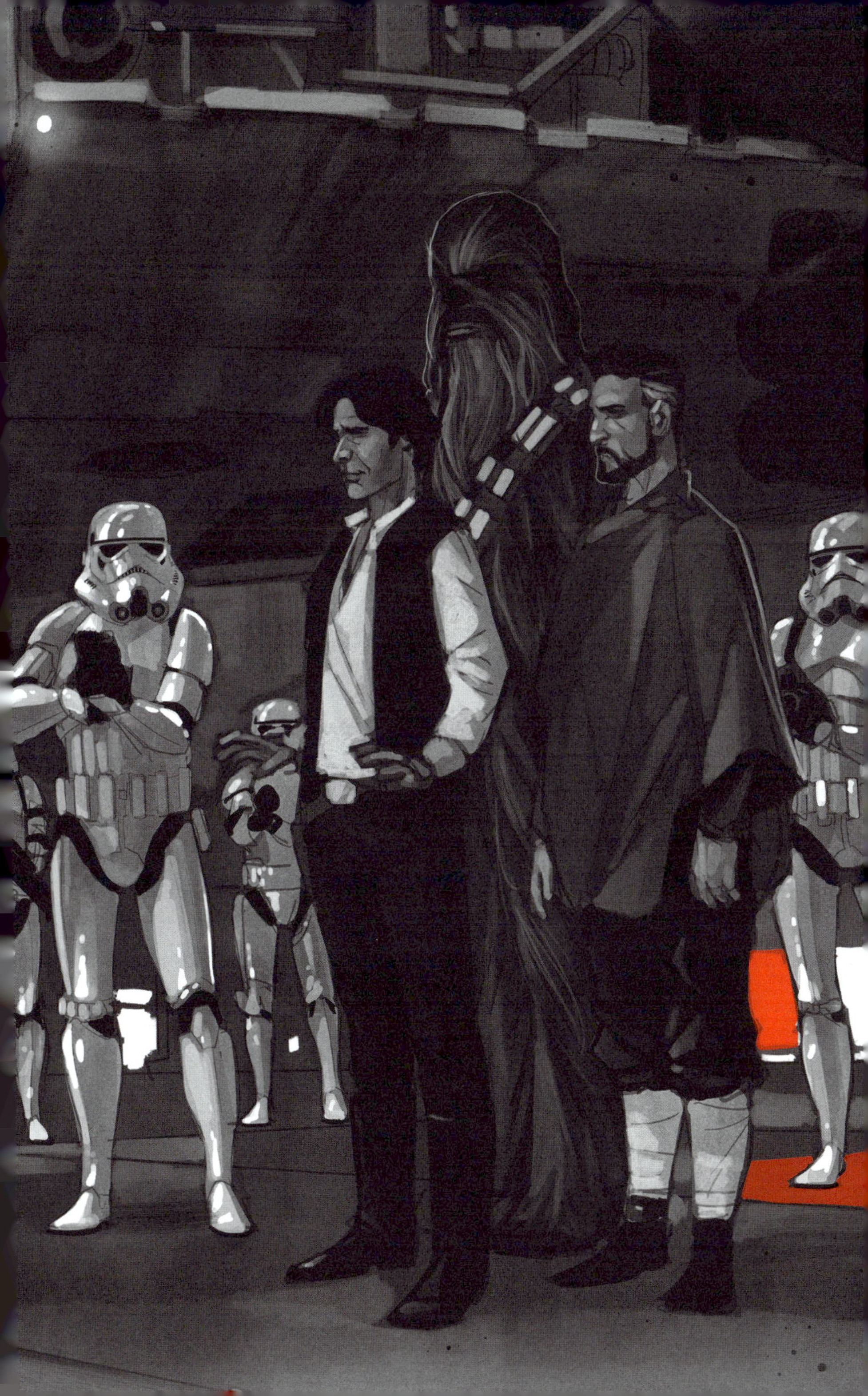

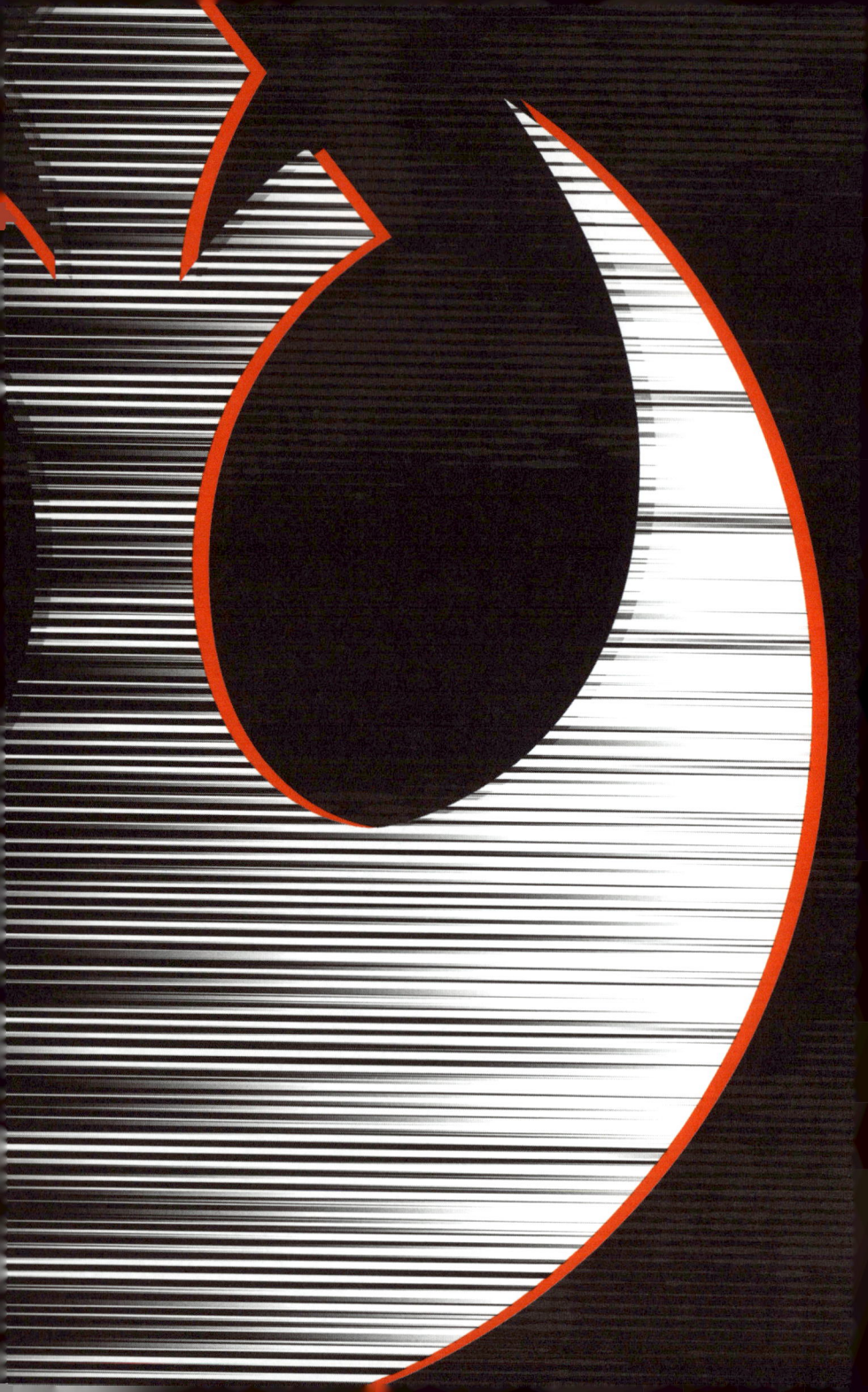

ROZDZIAŁ 09
BEZ BŁĘDÓW, BEZ WYJŚCIA

To TEN STATEK – oznajmiła Beck.
– Tak jest. – W głosie stojącego obok kaprala szturmowców, zastępującego Strumienia na stanowisku dowódcy oddziału, zabrzmiało zwątpienie. Nie ukryły tego nawet głośniki hełmu. – Nie wygląda najlepiej.

Beck skinęła lekko głową. Tak jak przekazał kapitan Hove, statek był frachtowcem YT-1300. Jej zdaniem ten pojazd nie zaznał dobrych czasów, od kiedy wiele lat temu opuścił korelliańskie stocznie. Malowaniem kadłuba jego właściciele raczej się nie przejmowali, a przez liczne wgniecenia i zarysowania frachtowiec wyglądał nie tyle na używany, ile na wysłużony.

Przed szereg żołnierzy wyszedł jeszcze jeden szturmowiec. Wyciągnął ręczny skaner i szybko sprawdził cały pojazd, od dziobu do rufy.

– Mają zmodyfikowany transponder – oznajmił. – Mnóstwo zakłóceń. Nie mogę uzyskać pozytywnej identyfikacji. Nadaje nazwę Zgubione-Znalezione.

— Zapiszcie jego sylwetkę i wyślijcie na Zaciekłego — poleciła Beck. — Potrzebna mi pozytywna identyfikacja.

— Tak jest.

Komandor chwyciła i uruchomiła swój komunikator.

— Sierżancie, tutaj Beck. Znaleźliśmy statek. Odbiór.

Najpierw rozległy się hałaśliwe zakłócenia, a następnie przedarł się przez nie głos Strumienia, dziwnie gładki bez zniekształceń powodowanych głośnikami hełmu, nawet teraz, kiedy przechodził przez komunikator. Słychać też było ryk wiatru i silników motośmigacza.

— Pani komandor, tak jak pani przewidywała. Łowcy nagród od razu skierowali się na inne lądowisko, potem ruszyli do miasta. Wynająłem motośmigacz i poleciałem za nimi. Udali się do taniego hoteliku w południowej części Motok, przy krawędzi kopuły. Weszli do tego budynku. Pozostałem na zewnątrz, w ukryciu. Miała pani rację. Po niecałych trzech minutach z budynku wyszło tamtych dwóch, których spotkaliśmy na promenadzie, a razem z nimi jeszcze ktoś, jakiś człowiek. Ścigali ich łowcy nagród. Nie byłem w stanie go zidentyfikować, ale jestem pewien, że to Ematt.

— Nadal ich ścigają?

— Nie teraz, ale na pewno ruszy za nimi dwóch łowców nagród.

— Tylko dwóch?

— Musiałem wykazać się własną inicjatywą, żeby plan przebiegł według pani założeń.

— Zakładam, że dyskretnie?

– Bardzo dyskretnie.
– Którzy?
– Aby umożliwić naszym celom ucieczkę, trzeba było zneutralizować Grana i człowieka.

Beck nie starała się powstrzymywać uśmiechu, chociaż zadbała, żeby pozostał tylko nieznaczny.

– Poinformuj mnie, kiedy już dotrą do portu.
– Zrozumiałem.

Przerwała na chwilę.

– Sierżancie, bardzo dobra robota.
– Dziękuję.

Beck schowała komunikator, następnie odwróciła się do szturmowca trzymającego ręczny skaner.

– Coś jeszcze?
– Pani komandor, właśnie przychodzą dane. Statek został zidentyfikowany jako... Sokół Millennium. Jego właściciel to Korellianin, poszukiwany w związku z licznymi zarzutami. Wszystko, od szmuglu po podszywanie się pod imperialnego oficera. Statek ma też zarejestrowanego drugiego pilota, Wookieego o imieniu Chewbacca.

Szturmowiec odwrócił skaner w stronę Beck, żeby pokazać jej monitor, na którym powoli obracały się dwie sylwetki: człowieka i Wookieego.

– To tych dwóch z promenady – stwierdziła komandor. – Doskonale. Kapralu, chcę, żeby natychmiast przysłano tu wszystkie nasze siły. Kiedy już przybędą, wokół statku rozmieścić dwie drużyny. Reszta oddziałów ma się ukryć na zewnątrz doku, żeby odciąć drogę ucieczki. Bardzo wyraźnie zaznaczam, że szturmowcy przebywający poza dokiem mają pozostawać w ukryciu, dopóki nie wydam rozkazu. Nie chcę wystraszyć celów, zanim wpadną w naszą pułapkę.

Kapral skinął głową, jego hełm nieznacznie się zakołysał. Potem od razu ruszył, żeby przekazać rozkazy pozostałym drużynom. Beck jeszcze chwilę przyglądała się statkowi, następnie zaczęła go powoli okrążać, patrząc na niego ze wszystkich stron. Jej zdaniem pojazd powinien świadczyć o właścicielu, stanowić jego chlubę. Powinno się go utrzymywać w możliwie jak najlepszym stanie. A ten frachtowiec wydawał się równie zaniedbany, jak ona w dzieciństwie. Na myśl o tym, co spotka pilotów Sokoła Millennium, nie czuła więc ani odrobiny współczucia. A co do statku, to po wszystkim najlepiej uznać go za wrak należący do Imperium i przetopić.

Uważała, że w stosunku do tego frachtowca byłby to wręcz akt łaski.

Zadźwięczał komunikator.

– Beck, słucham.

– Zostało pięć minut – powiadomił Strumień. – Poruszają się szybko.

– Zrozumiałam. Kiedy się zjawisz na miejscu, obejmij dowództwo nad jednostkami na zewnątrz doków. Poprowadzisz je na mój sygnał.

– Tak jest.

Beck zakończyła obchód frachtowca i zobaczyła przybywające właśnie wsparcie. Szturmowcy zajmowali pozycje zgodnie z jej wytycznymi. Dysponowała w sumie czterdziestoma żołnierzami – było ich więcej, niż potrzebowała, żeby rozprawić się z trzema wrogami Imperium. Poświęciła chwilę, żeby rozstawić kilku szturmowców dokładnie tam, gdzie chciała, a potem raz jeszcze rozejrzała się po lądowisku. Żołnierze się poukrywali, więc dok wyglądał właśnie tak, jak można było się spodziewać: zwyczajnie, wręcz nudno. Z promenady na lądowisko wiodło tylko jedno wejście, naprzeciwko rufy. Zatrzymała się, żeby przyjrzeć się drzwiom, i dostrzegła, że pali się nad nimi niebieskie światło. Uznała, że nie powinno. Wchodząc, zostawili wejście otwarte, Solo i Wookiee na pewno by to zauważyli.

– Żołnierzu – poleciła. – Zamknij nas.
– Tak jest!

Beck zajęła pozycję za jedną z podpór służących do lądowania, z przodu statku, tam gdzie wchodzący Solo, jego Wookiee i Ematt nie powinni jej dostrzec. Delikatnie kłuło ją w żołądku z niecierpliwości i emocji. Uznała, że ten dzień może się okazać bardzo dobry. Szturmowiec przy drzwiach skończył stukać w panel kontrolny. Światło zmieniło kolor z niebieskiego na czerwony, sygnalizując uruchomienie zamku.

„Żadnych błędów", pomyślała Beck. Nie tym razem.

Trzy i pół minuty później komunikator Beck rozbrzmiał ponownie. Trzymała go już w dłoni, więc natychmiast podniosła do ucha.

– Beck, słucham.

– Kierują się w pani stronę.
– Na stanowiska. Bez odbioru.

Odwróciła się do czekających szturmowców i uniosła lekko podbródek, żeby jej głos zabrzmiał wyraźnie.

– Cała broń nastawiona na ogłuszanie. Chcemy ich żywych. Powtarzam: chcemy ich żywych. Jeden to Wookiee. Trzeba będzie kilku trafień, żeby go obezwładnić. Nikt nie otwiera ognia bez mojego rozkazu.

Wśród żołnierzy rozległy się stłumione szmery, kiedy każdy sprawdzał swój E-11, żeby się upewnić, że nastawił go na ogłuszanie.

– Jesteście szturmowcami – oznajmiła komandor. – Jesteście najlepszą bronią w arsenale Imperatora. Nie zawiedźcie go. Nie zawiedźcie mnie.

Z jej komunikatora dobiegł głos Strumienia:

– Podchodzą. Dwadzieścia sekund.
– Twój status? – spytała.
– Na stanowisku.
– Czekaj na mój rozkaz.
– Tak jest.

Beck schowała komunikator, wyjęła blaster i dwukrotnie sprawdziła ustawienia, upewniając się, że też jest przełączony na ogłuszanie. Tym razem nie będzie żadnych błędów. Tym razem nie będzie żadnej Rodianki gotowej umrzeć za Sojusz Rebeliantów. Tym razem wszystko przebiegnie według planu.

Nagle światło nad wejściem zmieniło kolor z czerwonego na niebieski.

Beck podniosła wolną dłoń do góry. Poczuła, że poukrywani wokół szturmowcy zastygają, pełni napięcia i podniecenia. Z nią działo się podobnie. Serce zaczęło jej szybciej bić. Zamknęła zwykłe oko, a cybernetyczne nastawiła na pełne spektrum obrazu, akurat aby zobaczyć, że drzwi otwierają się gwałtownie, a cele wchodzą w pułapkę.

Na przedzie kroczył człowiek zidentyfikowany jako Solo. Był wysoki i zaskakująco przystojny. Nosił długie buty, wąskie spodnie, białą koszulę podobną do tej, jaką zakłada się pod oficerski mundur, i czarną kamizelkę z kieszeniami. Wchodząc, odwrócił się i przez chwilę szedł tyłem, bo mówił coś do idących za nim dwóch towarzyszy.

– Jest szybki – oznajmił Solo. – Jeszcze nigdy nie leciałeś niczym szybszym. Będzie dobrze, obiecuję.

Za nim szedł Ematt. Strumień danych wyświetlanych przez cyberoko Beck natychmiast zajaśniał alarmem. Komputer dokonał identyfikacji.

„POSZUKIWANY ZA ZBRODNIE PRZECIWKO IMPERIUM – EKSTREMALNIE NIEBEZPIECZNY – ZACHOWAĆ OSTROŻNOŚĆ".

Beck o tym wszystkim już wiedziała. I oto Ematt był tutaj, dwadzieścia metrów od niej, i coraz bardziej się zbliżał. Zwalczyła chęć wstrzymania oddechu.

– Lepiej, żeby tak było – powiedział Ematt. – Bo wygląda, jakby ruszał tylko na pych.

Wookiee, idący na końcu, warknął odpowiedź, która rozeszła się po doku cichym echem. Nie był wysoki, jak na swoją rasę, chociaż i tak mierzył ponad dwa metry. Od stóp do głów pokrywało go futro, w kolorze od blond do czekoladowego brązu, gdzieniegdzie z rudymi i złotymi akcentami, miejscami kręcone, miejscami proste. Kusza w łapach nadawała mu groźnego wyglądu.

– Będzie dobrze – powtórzył Solo. – Zaufaj mi.

Beck opuściła dłoń, dając szturmowcom sygnał do akcji. Jeszcze zanim skończyła wykonywać ten gest, już ich słyszała, już ich widziała – patrzyła, jak cała machina wprawiana jest w ruch. Żołnierze wyszli zza podpór podwozia, zza pomp paliwowych, zza skrzyń, zza podnośników, zza ogromnych generatorów pola magnetycznego, chroniącego dok przed toksyczną atmosferą Cyrkona. Wyślizgnęli się z cieni przy odległych ścianach i unieśli na rusztowaniu u góry. Poruszali się niemal w doskonałej harmonii, budząc przerażenie i poczucie nieuchronności. Dreszcz emocji, który odczuwała Beck, kiedy sama wyłaniała się z ukrycia, był tak bliski przyjemności, jak tylko mogła sobie pozwolić.

Korellianin, Solo, zareagował natychmiast, bez wątpienia najszybszym dobyciem broni, jakie komandor kiedykolwiek widziała. W jednej chwili jego dłoń była pusta, a już w następnej poruszała się z blasterem, tkwiącym dotąd w kaburze na biodrze. Wookiee i Ematt również byli szybcy, chociaż nie aż tak bardzo.

Jednak żaden z nich nie okazał się wystarczająco szybki. Beck już trzymała blaster i mierzyła w Solo.

– Naprawdę nie warto – rzuciła.

Korellianin wyglądał, jakby się zastanawiał, czy walczyć. Komandor przez chwilę sądziła, że naprawdę do niej wystrzeli. Ematt i Wookiee odwrócili się natychmiast w stronę wyjścia. Solo już miał ruszyć za nimi, ale się zatrzymał, kiedy w otwartych drzwiach stanął Strumień – nadal bez zbroi, ale już z E-11 – a za nim pozostali szturmowcy. Żołnierze wlali się na lądowisko jak woda, otaczając Hana, Ematta i Wookieego.

– Już po wszystkim – oznajmiła Beck.

Solo spojrzał na nią. Westchnął i schował blaster do kabury.

– No tak – stwierdził. – Sam się tego domyśliłem.

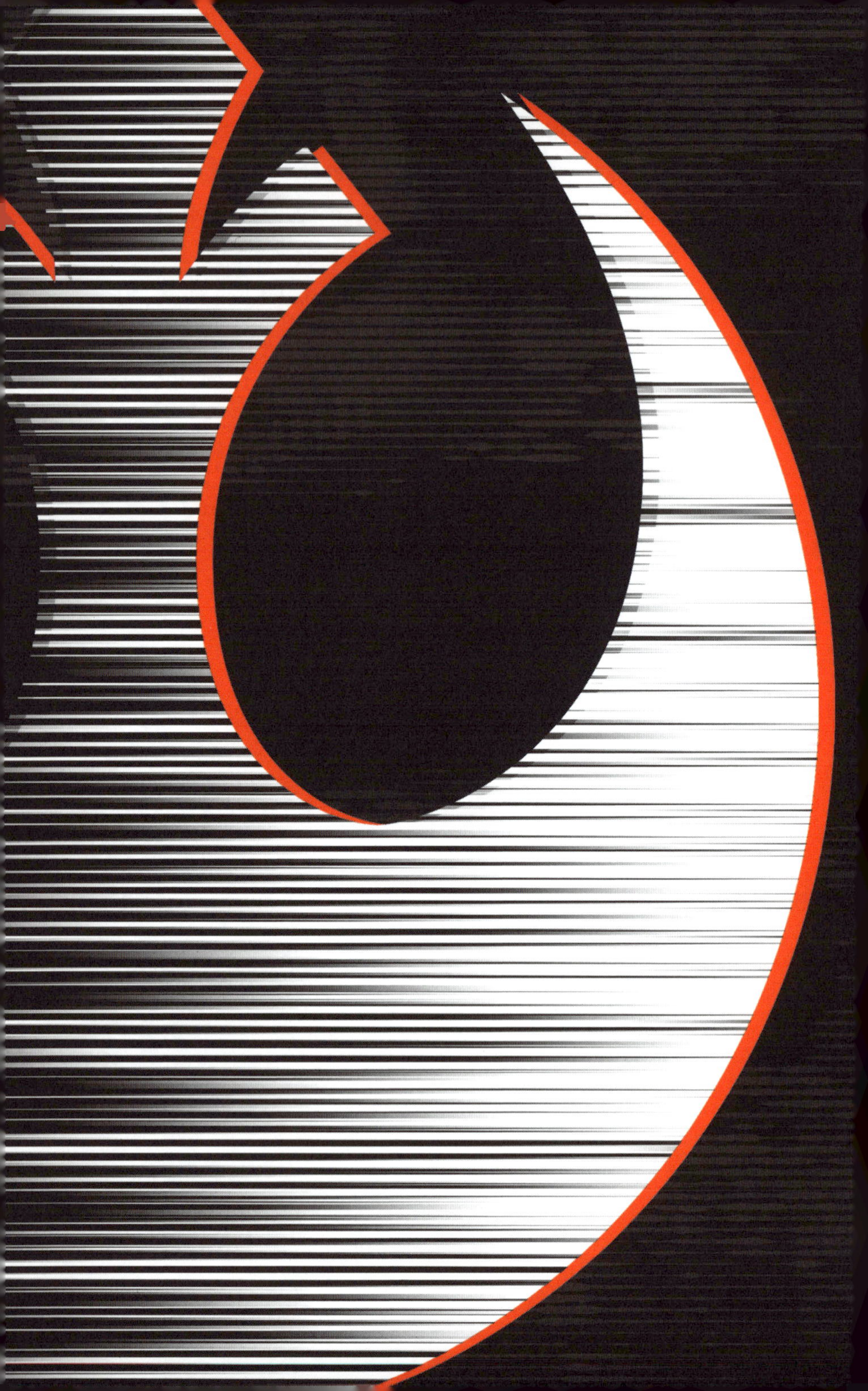

ROZDZIAŁ 10
ISKIERKA NADZIEI

CHEWBACCA ZACHARCZAŁ. To był przeciągły, niski i pełen złości odgłos, który zabrzmiałby jak ryk, gdyby miał w sobie jakąkolwiek moc. Był to dźwięk rozpaczy, frustracji, przepełniony samooskarżeniem. Dźwięk oznajmiający, że każdy zły uczynek zostanie surowo ukarany. Gdyby Solo był Wookieem, wydałby z siebie teraz dokładnie taki sam głos.

Otaczający ich żołnierze nawet nie drgnęli. Han usłyszał, jak Chewie gdzieś z tyłu wydaje jeszcze jeden, krótszy i cichszy ryk, a kątem oka dostrzegł, że jeden ze szturmowców odbiera Chewiemu kuszę. Potem rozbrojono Ematta i przyszła kolej na Solo. Niechętnie wysunął drugi blaster z kabury i oddał.

– Chcę je później dostać z powrotem – zaznaczył.

Szturmowiec nie odpowiedział, jedynie się cofnął.

Zza żołnierzy wyłonił się jakiś człowiek, mężczyzna, w wieku około czterdziestu lat, i podszedł do imperialnej oficer, która jak dotąd się nie odzywała. Rozmawiali przez chwilę. Solo nie dosłyszał o czym. Mężczyzna już przy niej został, wydawał się dziwnie znajomy.

Oficer ruszyła przed siebie, z blasterem wycelowanym dokładnie między oczy Solo, choć trzymała go jakby od niechcenia. To była ta sama kobieta, którą Han spotkał wcześniej na promenadzie, ale teraz mógł się jej lepiej przyjrzeć. Była prawie jego wzrostu, w dodatku ładna, typ zimnej blondynki; blizna nie umniejszała jej urody tak, jak przerażające cybernetyczne oko. Emanowała arogancją i zadowoleniem z siebie. Widać je było we wszystkim, co robiła, we wszystkim, co tylko się z nią wiązało, począwszy od sposobu mówienia, a skończywszy na nieznacznym, pogardliwym uśmieszku.

Solo pomyślał, że spokojnie mógłby ją znienawidzić, ot tak, dla zasady.

– Nazywam się komandor Alecia Beck – powiedziała. – Jesteście aresztowani przez Imperialne Biuro Bezpieczeństwa. Mamy przewagę liczebną, przewagę ognia, a wy nie macie szans na ucieczkę ani ratunek. Na każdą próbę stawienia oporu zareagujemy siłą. Chcę postawić sprawę jasno: porzućcie wszelką nadzieję.

– Ja nigdy nie porzucam – palnął Solo, głównie po to, żeby ją zdenerwować.

Podziałało. Kobieta podeszła bliżej.

– Dość! – odparła. – Jesteście terrorystami. Rebel…

– Nie jestem rebel…

– I spotka was los przeznaczony wszystkim wrogom Imperium. Zostaniecie przesłuchani. Złamani. A potem straceni.

– Nigdy nas nie pokonacie – rzucił Ematt, stojący za Solo. Han powstrzymał się od przewrócenia oczami.

Beck uniosła wzrok ponad jego ramieniem, spoglądając na Ematta. Jej uśmiech się poszerzył.

– Ematt – powiedziała. – Jak się czuje ktoś, kogo oddział poświęcił życie tylko po to, żeby on i tak skończył w moich rękach? Myślę, że to trochę przykre.

Ematt przesunął się do przodu, stanął tuż obok Solo.

– Nigdy nas nie pokonacie. Nie złamiecie nas. Nieważne, ile to wszystko potrwa, my się nigdy się nie poddamy.

Solo spojrzał na rebelianta. To nie były słowa, a raczej – nie tylko słowa. Ważne było to, jak Ematt je wypowiedział, z jakim przekonaniem. Takim absolutnym, nieustraszonym, dla Solo zaś – który w tej chwili przede wszystkim czuł się więcej niż zmartwiony, jeżeli nie przerażony – jednocześnie zaskakującym i godnym podziwu. Han jeszcze nie znalazł sprawy, za którą gotów byłby zginąć – oczywiście innej niż ratowanie własnej skóry, Chewiego czy ratowanie Sokoła. Nie przepadał za Imperium, jednak głównie dlatego, że nie lubił znęcania się nad słabszymi, a był przekonany, że na tym właśnie opiera się Imperium Galaktyczne: że stanowi ono zbiór osób wyżywających się na słabszych, które rozbijają się po całej galaktyce, wciąż kogoś popychając. Właśnie takich osób, jak imperialna oficer, uśmiechająca się teraz do Ematta.

Jednak Ematt wierzył w to, co mówił. Wierzył w to, co robił. I to jeszcze nie wszystko – wierzył, że to, co robi, jest słuszne i zwycięży.

Solo pomyślał, że kogoś o takiej wierze należy podziwiać. Albo unikać za wszelką cenę, zanim nie będzie już zbyt późno na cokolwiek.

– Nigdy – powtórzył rebeliant.

Imperialna oficer nagle skoczyła do przodu, złapała go za podbródek i przyciągnęła do siebie. Jednocześnie jakiś szturmowiec chwycił go od tyłu za ręce. Uśmiech Beck zniknął, a Solo skorzystał z okazji, żeby się cofnąć o pół kroku, bliżej Chewiego.

– Powiesz nam wszystko – wycedziła komandor. – Ematt, zanim z tobą skończę, będziesz błagał, żeby móc mi wszystko powiedzieć.

Wypuściła go, a szturmowiec znowu zmusił jeńca szarpnięciem, żeby stanął prosto. Beck odwróciła się do towarzyszącego jej mężczyzny.

– Założyć wszystkim kajdanki. Przeszukać. Chcę ich natychmiast zabrać na pokład Zaciekłego.

– Tak jest.

Chewie przechylił głowę, a Solo poczuł, jak jego futro łaskocze go w ucho, kiedy Wookiee zamruczał cicho.

– Pracuję nad tym – zapewnił Han.

– Cisza – polecił jeden ze szturmowców.

– Jasne, jasne.

Solo rozejrzał się wokół, starając się zrobić to dyskretnie. Musiało istnieć jakieś wyjście z tej sytuacji, tylko go jeszcze nie dostrzegał. Teraz, kiedy we trzech zostali otoczeni przez co najmniej czterdziestu szturmowców, z bólem musiał przyznać, że brak mu możliwości manewru. Gdyby zdołał się dostać na pokład Sokoła, wtedy pojawiłaby się jakaś szansa. Statek miał pancerz klasy wojskowej, więc bez problemu wytrzymałby ogień z blasterów i zapewnił im bezpieczeństwo. Zresztą na frachtowcu Solo miał jeszcze kilka innych niespodzianek. Jednak najpierw musiałby przebić się przez żołnierzy, a już teraz widział, że Beck nie zamierza na to pozwolić. Nie było sposobu, żeby wejść na pokład i po drodze nie zostać rozerwanym na strzępy.

Co jeszcze? Dok zagracały właśnie takie rzeczy, jakich można się było tutaj spodziewać. Skrzynka z częściami zapasowymi, do tego system doprowadzający paliwo, razem z pompami i rurami. Gdyby zdołał jakoś go uszkodzić, nastąpiłoby wielkie „bum". Do tego ogromne generatory pola magnetycznego, podtrzymujące barierę energetyczną nad ich głowami.

Zatrute, nocne niebo Cyrkona jaśniało rudym brązem, w pole widzenia z wolna wlatywała Panna Fortuna, cicho przesuwając się na repulsorach. Gdzieś w oddali przemykał ruch uliczny i...

Solo zamrugał i szturchnął Chewiego łokciem, ruchem oczu każąc mu spojrzeć w niebo. Panna Fortuna powoli skręciła i zawisła nad nimi. Gdy na nią patrzyli, w dolnej części kadłuba otworzyła się klapa, a chwilę później wysunęła się spod niej wieżyczka i obróciła w stronę doku.

„Ona zwariowała", pomyślał Solo.

Szturmowiec bez zbroi – Han uznał, że właśnie nim jest mężczyzna towarzyszący komandor – starannie rewidował Ematta. Obok stał drugi żołnierz, z trzema parami kajdanek.

Chewie sapnął.

– Pole magnetyczne ciągle działa – zauważył Solo.

Chewie parsknął raz jeszcze. W jego niebieskich oczach coś zalśniło.

– To nie moja wina. – Solo odwrócił się gwałtownie, podsuwając bliżej Wookieego, aż zetknęli się torsami. – Nie wolno ci tak do mnie mówić!

– Cisza, powiedziałem – nakazał szturmowiec.

– To jemu lepiej powiedz, żeby siedział cicho – rzucił Solo. Beck spojrzała wściekle na nich obu. Ematt szarpnął się, obie ręce miał teraz przed sobą, kajdanki były już gotowe, żeby zatrzasnąć się na jego nadgarstkach.

Chewie pochylił się, zaryczał głośno, zionąc na Solo gorącym oddechem, i nazwał go tak, że Han wstydziłby się to powtórzyć własnej matce.

– Słuchaj, kudłaczu – odparł Solo. – Powiesz tak jeszcze raz, a pożałujesz.

– Uspokój swojego Wookieego – rozkazała Beck.

Chewbacca warknął, pokazując Solo zęby. I powiedział tak jeszcze raz.

– No dobra. Mam ciebie dość! – wrzasnął Solo, potem zamachnął się i grzmotnął Chewiego w szczękę.

To był mocny cios i każdego innego pewnie od razu odrzuciłby do tyłu, a może nawet rozłożył na łopatki. Jednak głowa Chewiego ledwie drgnęła, a on sam zaryczał, uniósł obie łapy i z całą swoją siłą Wookieego pchnął Solo prosto na szturmowca stojącego za nim. Pierwsze zderzenie wywołało drugie, potem trzecie. Rozległ się rumor zbroi walących o podłogę, a Solo wylądował na samym szczycie stosu. Żołnierze wymierzyli broń w Chewiego. Wtedy Wookiee skoczył, chwycił jednego szturmowca za hełm i cisnął na ziemię. Potem złapał drugiego, następnie dosłownie zamachnął się nim i uderzył trzeciego.

– Ogłuszyć go! – krzyknęła Beck.

Solo, wciąż leżąc na szturmowcu, na którego pchnął go Chewbacca, obrócił się i wyszarpnął żołnierzowi karabin blasterowy. Wyłączył w broni ogłuszanie, uniósł ją i odturlał się na bok. Potem wycelował w najbliższy generator i wystrzelił. Śmignęły blasterowe pociski, uderzyły w maszynę i przebiły się przez zewnętrzną powłokę. Solo wystrzelił jeszcze raz. Gdy generator eksplodował ogniem i odłamkami, Han przyklęknął i wymierzył w drugi generator, po przeciwnej stronie lądowiska. Wiedział, że teraz znacznie trudniej będzie mu trafić, ale i tak wypalił. Drugi generator wybuchł od razu, a wtedy pole magnetyczne nad ich głowami zniknęło, a do doku z wyciem wdarło się gorące toksyczne powietrze. Maleńkie cząsteczki smogu zapiekły w oczy i zadrapały w gardle. Solo poczuł, że zaczyna się pocić i że prawie natychmiast pot wyparowuje mu ze skóry.

Nagle wszyscy się zerwali. Chewie ryczał. Beck obracała się w miejscu, unosząc blaster, a Ematt i szturmowiec bez zbroi zaczęli się ze sobą szarpać.

– Na ziemię! – wrzasnął Solo, rzucając się na rebelianta. Chwycił go w pasie i ściągnął go na posadzkę akurat wtedy, gdy Panna Fortuna otworzyła ogień ze swojej dolnej wieżyczki.

Pierwsza salwa uderzyła prosto w grupę szturmowców stojącą za nimi. Han usłyszał wrzaski i okrzyki bólu, potem wstał, pociągając za sobą Ematta. Chewie był już w połowie drogi do Sokoła, opuszczał rampę. Solo popchnął Ematta w ślad za nim. Oczy i gardło piekły go od zanieczyszczeń, miał wrażenie, że przez trującą atmosferę aż koroduje mu ciało. Robiło się coraz goręcej, powietrze było aż gęste, wydawało mu się, że zaraz się w nim ugotuje.

Szturmowiec, który odbierał im broń, leżał teraz na ziemi, twarzą do dołu, trafiony z wieżyczki.

– Biegiem!

Padła kolejna salwa z góry, jak dla Solo zbyt blisko, żeby mógł się czuć komfortowo. Akurat odrzucił E-11 i zgarnął broń swoją i Wookieego. Szturmowcy ostrzeliwali się, ale ogień Panny Fortuny zmusił ich do ukrycia się. Solo popędził w ślad za Emattem, który wbiegał już po rampie. Chewie zniknął z pola widzenia, był w środku frachtowca. Han dostrzegł Beck wykrzykującą rozkazy, widział, jak unosi blaster, a potem zobaczył jeszcze szturmowca bez zbroi ciągnącego ją za jakąś osłonę. Chwilę potem wystrzał z Panny Fortuny trafił dokładnie tam, gdzie przed chwilą stała oficer.

Solo prawie już dotarł do celu, kiedy nagle poczuł, jak drętwieje mu prawa noga. Otarł się o nią ładunek ogłuszający z blastera. Han zdołał upaść na podnoszącą się rampę. Ematt wciągnął go do bezpiecznego wnętrza Sokoła.

– Chewie! Pora stąd spadać! – Solo wstał, opierając o Ematta i ścianę, a potem na wpół skacząc, na wpół powłócząc nogą, ruszył przez główne pomieszczenie statku w stronę kokpitu. Frachtowiec ożywał pod jego stopami. Czuł, jak gwałtownie unosi się w powietrze. Pot zalał mu oczy, zapiekło. Ematt się potknął, więc Solo musiał się podeprzeć, a potem znalazł się w kokpicie i opadł na fotel pilota.

– Mówiłem, że coś wymyślę – rzucił. Sięgnął jedną ręką po słuchawki, a drugą chwycił ster.

Chewie szczeknął i szarpnął energicznie za zestaw przełączników. Z tyłu Ematt usiadł na fotelu nawigatora, zapinał pasy.

– Niezbyt się przyłożyliście – stwierdził.

– Jak na razie zadziałało.

Chewie parsknął.

– Ledwie cię dotknąłem. – Solo skończył ustawiać komunikator słuchawkowy i uruchomił głośniki w kokpicie. – To ja będę miał siniaki, kumplu. Panno Fortuno, tutaj Sokół.

– Han, byłam ci to winna.

– Czyli już mam spłacone rachunki?

– Nigdy w życiu – odparła Delia. – Zabrałeś go?

– Delia, jestem, tutaj – odezwał się Ematt. – Niezłych masz przyjaciół.

– Jak się nie ma, co się lubi... Chyba pora stąd spadać.

Chewie zadudnił na znak, że się z nią zgadza, a Solo pchnięciem dźwigni wyłączył repulsory i uruchomił silniki Sokoła. Statek szarpnął śmiało do przodu. Przez okna kokpitu Solo patrzył, jak zatrute niebo Cyrkona coraz bardziej blednie, a w polu widzenia szybko pojawiają się gwiazdy. Na sterburcie, równo z nimi, leciała Panna Fortuna. Pasma górnych warstw atmosfery omiatały kadłub statku, przypominając dym z dogasającego ognia.

Zabrzmiał sygnał alarmowy, więc Chewbacca sprawdził swoje przyrządy, pstryknął kolejne dwa przełączniki i sięgnął do tyłu, żeby włączyć zasilanie broni. Solo zerknął na swoje czujniki i włączył komputer nawigacyjny, kręcąc do oporu jednym z pokręteł.

– Ustaw osłony – polecił Chewiemu, a potem wskazał na Ematta. – Lepiej, żebyśmy wiedzieli, dokąd mamy lecieć.

– Wiem, dokąd mamy lecieć.

– Wrzuć to do komputera nawigacyjnego. – Solo odwrócił się z powrotem do przyrządów. W nodze zaczynało go kłuć, porażenie już ustępowało.

Przed nimi wyłaniał się gwiezdny niszczyciel. Z jego dolnej części oderwały się małe kropki lecące w zwartej formacji.

– Delia, ośmiu bandytów na pierwszej.

– Widzę. Myśliwce TIE.

– Za ile wejdziesz w nadświetlną?

– Za kilka minut.

– To trzymaj się z dala od tego niszczyciela.

– Tak myślisz?

– Cel lotu już zaprogramowany – oznajmił Ematt, gdy zapiszczał komputer nawigacyjny. – Minie kilka minut, zanim zostanie wyznaczony kurs. Damy radę ich powstrzymać?

Solo ponownie sprawdził czujniki, potem widok z kokpitu. Myśliwce TIE szybko się zbliżały.

– Wątpię, żebyśmy mieli jakiś wybór – stwierdził.

ROZDZIAŁ 11
W UŚCISKU ZACIEKŁEGO

BECK CZUŁA w ustach smak krwi. Przygryzła sobie wargę, gdy Strumień uratował jej życie. Bo nie miała wątpliwości, że właśnie to zrobił. Domyślała się, że Korellianin i Wookiee coś udają, ale już atak z góry całkowicie ją zaskoczył. W ogóle nie wzięła pod uwagę, że rebelianci mogą mieć tutaj jakieś wsparcie powietrzne. Właśnie na tym polegał jej błąd. Stało się podobnie jak z Rodianką, tak chętną, żeby umrzeć. Wówczas także nie zakładała, że rebeliant zdołałby zrobić coś takiego. Kolejna błędna kalkulacja. To nie może się więcej powtórzyć.

Połowa jej oddziału już nie żyła lub odniosła rany. Mało brakowało, a i Beck znalazłaby się wśród nich. Z powodu zatrutego powietrza w doku piekło ją zwykłe oko. Łzy spływające jej po policzku wyparowywały równie szybko, jak się pojawiały. Na skórze zostawał tylko słony ślad. Od straszliwego skwaru zaschło jej w gardle. Zamrugała, żeby odzyskać ostrość widzenia, i odezwała się do komunikatora w dłoni:

- Zaciekły, zgłoś się.
- Tu kapitan Hove.
- Właśnie wystartowały dwa statki, ten YT-1300 i jakiś drugi. Kapitanie, chcę je dostać, chcę ich załóg i chcę ich dostać żywcem.
- Właśnie pojawili się na naszych monitorach.
- Nie mogą skoczyć w nadprzestrzeń. Czy to jasne?
- Pani komandor, to nie Interdictor. Nie mamy możliwości, żeby...
- Bez wykrętów! - Beck uświadomiła sobie, że krzyczy. Przez wycie wiatru przebił się ryk transportowca, który pojawił się nad ich głowami i zaczął schodzić do lądowania.
- Zaraz będziemy w drodze na górę. Nie pozwól tym statkom uciec!
- Rozkaz, pani komandor!

Transporter wylądował i opuścił rampę.

- Za mną - rozkazała Beck.

Strumień, klęczący przy zabitym szturmowcu, wstał. Twarz miał ponurą, więc komandor się zastanawiała, czy tamten żołnierz był jego przyjacielem i jak w ogóle Strumień rozróżniał szturmowców noszących jednakowe zbroje.

- Ruszamy - powiedział do żołnierzy.

Szybko i sprawnie cały oddział zajął miejsca z tyłu transportowca. Beck wcisnęła przycisk podnoszący rampę. Statek się uniósł, jeszcze zanim zamknęły się śluzy ciśnieniowe, które błyskawicznie odcięły napływ skażonej atmosfery Cyrkona. Beck zakasłała, żeby oczyścić płuca. Czuła się tak, jakby coś chciało jej wydrapać dziurę w gardle. Hełmy szturmowców częściowo osłoniły ich przed szkodliwym powietrzem. Strumień kilka razy klepnął się w plecy. Beck otarła łzy, ciągle spływające po zdrowym policzku, i ruszyła do kokpitu.

— Chcę być na Zaciekłym w ciągu trzech minut — poleciła pilotowi.

Ten skinął głową i wrzucił pełny ciąg. Silniki zawyły, mignęła płonąca atmosfera i przed oczami komandor pojawił się gwiezdny niszczyciel. Był ogromny, imponujący, więc się wydawało, że jest znacznie bliżej niż w rzeczywistości. Dwie mniejsze jednostki, Sokół Millennium i jakiś niezidentyfikowany statek, w porównaniu z nim wyglądały jak miniaturowe. Imperialny transportowiec wchodził w przechył, żeby trzymać się od nich w bezpiecznej odległości.

— To Panna Fortuna — stwierdził Strumień zza ramienia Beck.

Komandor zerknęła za siebie i spostrzegła, że szturmowiec wpatruje się w ten sam punkt.

— To jest ten statek, do którego dotarłem za łowcami nagród, jeszcze zanim ruszyłem za nimi w głąb Motok.

Beck skinęła lekko głową, notując sobie w pamięci, żeby później dokładniej przyjrzeć się Pannie Fortunie. Siedząc w transportowcu, nie miała możliwości, żeby zająć oba statki. Musieli je teraz wyminąć, wrócić na pokład Zaciekłego, gdzie jeszcze raz spróbuje zapanować nad sytuacją, choć to i tak jej nie pomoże, nie złagodzi trawiącego ją poczucia bezsilności i narastającej frustracji.

— Potrzebują jeszcze kilku minut, żeby skoczyć w nadprzestrzeń — stwierdziła. — Wciąż możemy ich schwytać.

— Tak jest — powiedział Strumień.

Po raz pierwszy komandor odniosła wrażenie, że w jego głosie zabrzmiało nieco mniej entuzjazmu.

Gdy transportowiec kończył już podchodzenie do cumowania, obok przemknęła kolejna grupa myśliwców TIE. Beck czekała niecierpliwie, aż statek zakończy lądowanie w głównym dolnym doku Zaciekłego, i gdy tylko poczuła, że pojazd zacumował, otworzyła luk i zeszła z pokładu jeszcze przed całkowitym opuszczeniem rampy. Pobiegła do głównej windy, nie dbając, czy ktoś na nią patrzy. Odepchnęła dwóch poruczników czekających przed wejściem, wpadła do kabiny i pojechała od razu na mostek.

Panował tam spokój, który od razu ją zirytował. Kapitan Hove stał na drugim krańcu mostka, odwrócony plecami, i wpatrywał się w iluminatory, ręce trzymając złożone z tyłu. Komandor pobiegła głównym chodnikiem, mijając boksy dowodzenia, ciągnące się z dołu po obu stronach. Po chwili zwolniła do truchtu, potem do marszu. Hove usłyszał, że się zbliża, i odwrócił się, żeby ją przywitać.

— Komandor Beck... Wystartowały dwie grupy myśliwców i weszły w kontakt, my...

— Podleć bliżej. Chcę trafić oba statki promieniem ściągającym. Sokoła i ten drugi.

Hove zacisnął wargi i zmarszczył czoło.

– Tam jest osiem myśliwców TIE...
– Tak, słyszałam pana, kapitanie. Teraz się zastanawiam, czy pan mnie słyszał.

Hove zdecydowanie wyglądał na niezadowolonego. Zerknął w prawo, ponad Beck, na swoich załogantów i oficerów, udających ze wszystkich sił, że niczego nie słyszeli. Beck jednak nie przejmowała się tym, czy coś usłyszeli, ale Hove najwyraźniej tak. Dlatego podszedł bliżej i ściszył głos.

– Pani komandor, myśliwce weszły w kontakt z nieprzyjacielem. Aktywacja promienia ściągającego niesie ryzyko uchwycenia także naszych jednostek.

– Mam tego świadomość.

– Częstotliwość konieczna do uchwycenia tamtych obiektów rozerwie nasze myśliwce na kawałki, jeżeli także znajdą się w promieniu.

– Tego również jestem świadoma. – Beck wbiła w niego spojrzenie. – Czy to jakiś problem, kapitanie?

Hove odpowiedział powoli:

– Pani komandor, to są nasi piloci.

– Kapitanie, mówi pan rzeczy oczywiste. Otrzymał pan ode mnie rozkazy i ma pan je natychmiast wykonać albo aresztuję pana pod zarzutem uchylania się od wypełniania obowiązków oraz udzielania pomocy nieprzyjacielowi.

Hove zacisnął mocno szczęki i wyprostował plecy. Potem pochylił głowę, stuknął obcasami i odwrócił się w stronę pokładu dowodzenia.

– Zbliżyć się do zasięgu promienia ścigającego – rozkazał.

Beck trochę złagodniała, gdy nie usłyszała w jego głosie żadnego wahania czy niepewności. – Celować we frachtowiec i ten drugi statek.

Rozkaz rozszedł się echem po mostku, zapanowało poruszenie. Gwiezdny niszczyciel zaczął się ustawiać w odpowiedniej pozycji. Przez okno sterowni Beck znowu ujrzała Pannę Fortunę i Sokoła Millennium, nadal małe, ale zbliżające się stopniowo. Ciemność rozdzierały błyski ognia z turbolaserów – czerwone, zielone i niebieskie iskry mknące przez przestrzeń. Dziesięć statków skręcało, obracało się i wspólnie tańczyło w walce.

– Obsługa promienia, zgłoś się – polecił Hove.

Odpowiedź padła natychmiast, głośna i wyraźna:

– Na rozkaz, panie kapitanie.

– Czas do celu?

– Jedna minuta jedenaście sekund.

Hove odwrócił się ponownie do iluminatorów i delikatnie przechylił głowę w stronę Beck.

– Mało brakowało, ale powinniśmy ich przechwycić, zanim zdołają skoczyć w nadprzestrzeń.

Komandor przyglądała się bitwie, z wolna podchodząc do okien. Jeden z myśliwców znów spróbował wejść Sokołowi na ogon, a wtedy zielona linia wystrzelona z Panny Fortuny musnęła TIE-a wzdłuż jednego z paneli słonecznych. Myśliwiec się rozpadł, po chwili eksplodował. Siedmiu na dwóch.

– Kapitanie, dla pańskiego dobra, lepiej, żeby miał pan rację – powiedziała Beck.

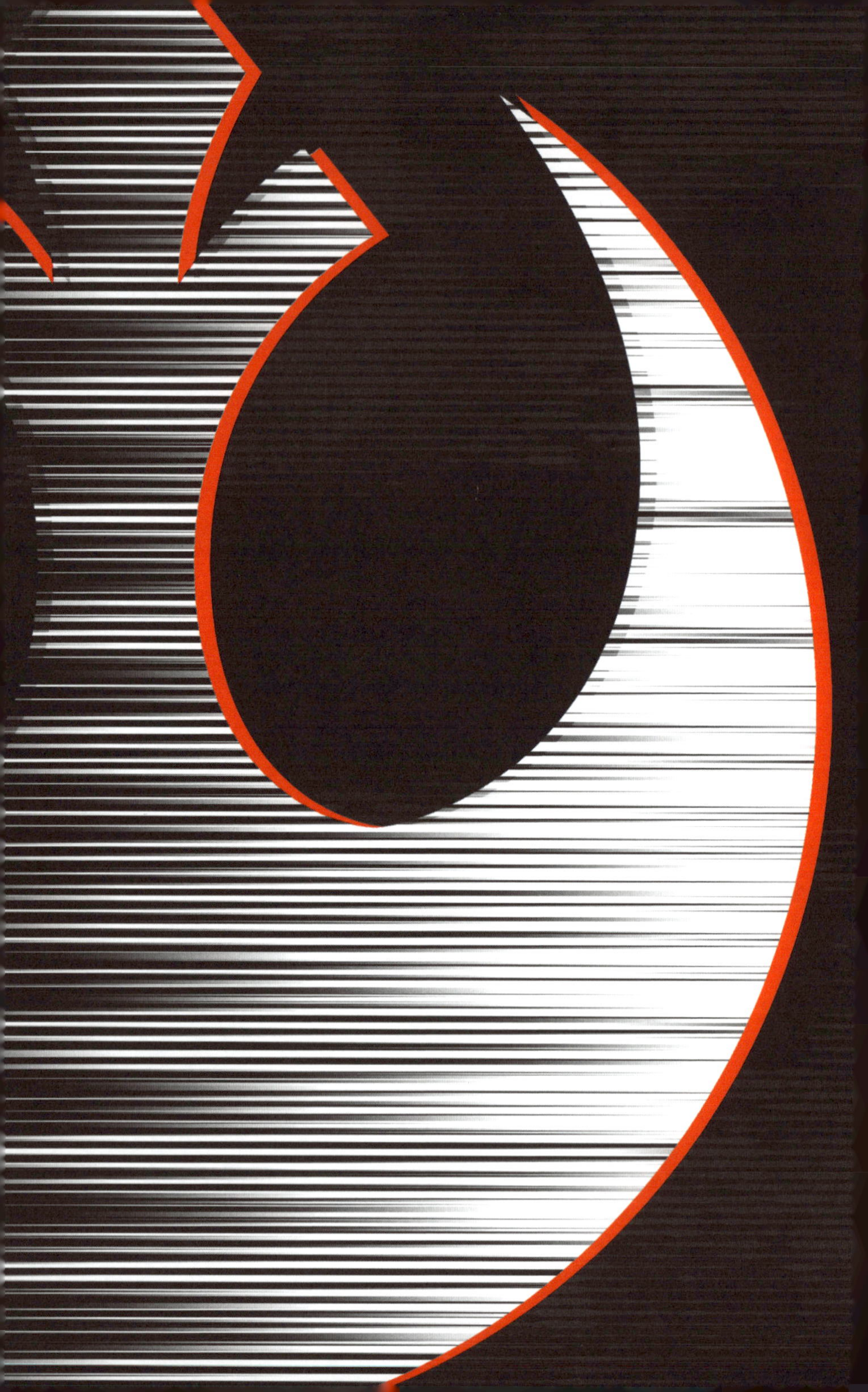

ROZDZIAŁ 12
SZLACHETNE ZAMIARY

L ECĄ JESZCZE TRZY, od sterburty na dwa osiem koma siedem! – zawołał Ematt.
Chewie warknął.
– Co on mówi? – spytał rebeliant.
– Mówi: „Zestrzel je".

Solo zmienił ciąg, zmniejszając go w silniku podświetlnym na sterburcie, a jednocześnie pchnął ster w lewo i do tyłu, co wprowadziło statek w prawie niekontrolowany obrót i pętlę. Sztuczna grawitacja Sokoła zrekompensowała ten manewr o ułamek sekundy za późno. Solo prawie wypadł z fotela pilota, a Chewbacca parsknął.

– Zapnę pasy, gdy akurat nie będę próbował ocalić nam wszystkim życia – odparował Solo. – Delia, co tam u ciebie?

– Bywało lepiej!

Kolejny myśliwiec pojawił się jak gdyby znikąd, strzelił i przemknął ponad nimi tak blisko, że Solo był pewien, że dostrzegł pilota siedzącego w maleńkim kokpicie maszyny. Sokół się zatrząsł, gdy ogień lasera zadrapał górną część jego kadłuba. Wskaźnik osłon po lewej stronie Chewbacki zamigotał, niewielka grafika pokazująca statek, dotąd błyszcząca zielenią na znak, że tarcze działają z pełną mocą, teraz zaczynała zmieniać barwę na żółtą. Wookiee sięgnął pod pulpit, wyszarpnął luźny, skrzący się splot kabli i wetknął go w jedno z gniazdek po swojej prawej stronie. Wskaźnik zamigotał, kolor żółty zniknął, wróciła zieleń.

– Na razie wystarczy – powiedział Solo. – Wytrzymaj.

Przed nimi gwiazdy wirowały, jakby ktoś usiłował je spuścić otworem ściekowym. Solo wrzucił pełny ciąg silnika na sterburcie, żeby wyrównać jego moc z pozostałymi dwoma. Pomknęli do przodu, a statek obracał się coraz gwałtowniej i coraz szybciej.

– Nie mogę strzelać, gdy tak robisz! – zawołał Ematt.

– Zaraz dam ci strzelić – odparł Solo. – Przygotuj się.

Sokół wykonał ostatni obrót, Solo zrobił unik, obniżył gwałtownie dziób, następnie z powrotem szarpnął sterem, wykonując ostry, „korelliański" zakręt, żeby zmienić kierunek lotu na przeciwny. Myśliwce, które się oderwały, gdy Sokół przyspieszył, zjawiły się teraz ponownie, ale na wprost przed nimi, zbliżając się szybko, cztery w zwartym szyku bojowym.

Chewie zarechotał.

– Masz ich na widelcu – stwierdził Solo. – Załatw ich.

Ematt obsługiwał turbolasery Sokoła, umieszczone w dwóch wieżyczkach u góry i dołu maszyny. W normalnej – idealnej – sytuacji jednym z działek zająłby się Solo, a drugim

Chewie albo jakiś inna żywa istota, ale teraz nie mogli sobie na to pozwolić. Pilot i drugi pilot byli potrzebni za sterami. Han już nie pierwszy raz znajdował się w podobnej sytuacji. Kokpit był wyposażony w dodatkowy system kontroli ognia, który zamontowali kiedyś z Chewbaccą. Wprawdzie nie był on tak celny jak prawdziwy strzelec i w dużej mierze opierał się na wsparciu komputera, ale jeśli Ematt wiedział, co robi, to system powinien wystarczyć, żeby mógł strącić co najmniej jeden myśliwiec. Solo podał mu cele jak na talerzu.

Ematt znał się na tym. Z prawej strony Hana zajaśniało, kiedy wystrzeliły górne turbolasery i jeden ze zbliżających się myśliwców rozbłysnął kaskadą ognia i odłamków. Pozostałe jednostki spróbowały się rozdzielić, dwie na lewo, dwie na prawo. Ematt otworzył ogień z dolnej wieżyczki i drugi myśliwiec wyparował w eksplozji po bezpośrednim trafieniu.

– Dobra – stwierdził Solo. – Nie było źle.

– Han! Masz jednego na jeden cztery koma sześć!

Solo wykonał Sokołem kolejny obrót, tym razem nurkując, żeby sprawdzić współrzędne podane przez Delię. Zaciekły był coraz bliżej, znacznie bliżej niż do tej pory.

– Podchodzą do zasięgu promienia ściągającego – stwierdził Solo.

Jeden z komputerów w stacji nawigacyjnej pisnął, a potem zarechotał.

– Już możemy skoczyć – powiedział Ematt. – Wynośmy się stąd!

– Delia, jesteśmy gotowi. – Solo przechylił statek.

Pozostałe dwa myśliwce wciąż ich ścigały, właśnie przemknęły obok lewej burty, strzelając. Sokołem ponownie zatrzęsło, monitor tarcz zamigotał, zieleń zniknęła, a obraz zalała żółć. Tracili osłony.

Panna Fortuna była teraz widoczna z kokpitu. Niewielki statek robił pętle, żeby umknąć trzem niestrudzenie atakującym go myśliwcom TIE. Na oczach Hana jeden z nich oddał salwę, która musnęła kadłub Panny. Ładunek zajaśniał, rozchodząc się po osłonach. Coś błysnęło, a potem ze szczytu statku odprysnęły odłamki.

– Delia...

W głośniku komunikatora usłyszeli zakłócenia i ostry szum, a potem rozległ się głos Delii Leighton, podszyty paniką, z trudem trzymaną w ryzach:

– Właśnie straciliśmy komputer nawigacyjny! Nie możemy skoczyć!

– Chyba macie zapasowy?

W głośnikach po raz pierwszy zabrzmiał głos Curtisa:

– Potrzebujemy jeszcze minuty, zanim wyznaczymy trasę.

– Jeśli znowu nas tak trafią, to już po nas! – Panika w głosie Delii stała się jeszcze wyraźniejsza.

Chewbacca szczeknął i spojrzał na Hana.

Nie było dobrze. Rzut oka na czujniki i już wiedzieli, że gwiezdny niszczyciel w ciągu dwudziestu sekund zbliży się do nich na zasięg promienia ściągającego. Mieli już ustalone współrzędne skoku i hipernapęd w gotowości. Trzeba było tylko ustawić frachtowiec w odpowiedniej pozycji, potem wejść w nadświetlną, a wtedy Solo, Chewbacca, Ematt i Sokół znaleźliby się od razu w bezpiecznej odległości od uścisku Imperium. Mogliby ruszać już teraz. Wykonali misję.

Ale wtedy zostawiliby Pannę Fortunę, bezbronną i wystawioną na ataki. Delia i Curtis dostaliby się do niewoli, trafili na pokład Zaciekłego, tam zostaliby przesłuchani i poddani torturom. W najlepszym wypadku załoga Panny Fortuny spędziłaby resztę życia na jakiejś karnej planecie Imperium. A w najgorszym nie opuściłaby Zaciekłego żywa.

Chewie cały czas wpatrywał się w Solo. Han czuł, że Ematt, siedzący z tyłu, robi to samo.

– Lepiej, żebyś mi potem umorzyła wszystkie długi – burknął niewyraźnie.

Zwiększył ciąg, poczuł, jak Sokołem szarpie do przodu, a potem wdusił przycisk nielegalnego aktywatora SLAM, który zainstalował, żeby statek miał większe przyspieszenie.

Panna Fortuna przybliżyła się, nadal kręciły się wokół niej myśliwce, które miała na ogonie. Przypominały wściekłe, głodne owady. Ematt otworzył ogień i strącił jedną maszynę: posłał ją – kręcącą się jak fryga – ku jaśniejącej aureoli atmosfery Cyrkona. Potem wystrzelił jeszcze raz i zadrasnął kulistą kabinę pilota drugiego statku. Natychmiast uleciało z niej powietrze pod postacią chmury szarobiałej pary, a myśliwiec rozpadł się na poszarpane odłamki metalu.

– Han, leć – odezwała się nagle Delia, znacznie spokojniej. – Nie pokonamy tego niszczyciela. Już po nas. Nie zdążymy skoczyć na czas.

Sokołem szarpnęło, kolor osłon z żółtego zmienił się w czerwień. Trzy myśliwce TIE i gwiezdny niszczyciel. Tak, Delia miała rację. Tej walki nie dało się wygrać.

— Będziemy cię osłaniać — oznajmił Solo.

— Han...

— Delia, zamknij się. Próbuję być szlachetny.

W głośnikach usłyszał jej śmiech.

Na pokładzie Zaciekłego Beck obserwowała, jak zmniejsza się liczba myśliwców TIE. Z ośmiu zostały tylko trzy. Jednak coś się działo także z małym statkiem. Zauważyła, że został uszkodzony, widziała lecące odłamki. Co innego Sokół. Myśliwce trafiły go bezpośrednio w rufę, nad silnikami, dwa razy wzdłuż górnej linii kadłuba, a raz w pobliżu dziobu, jednak na razie nie wydawało się, żeby wywołało to jakieś poważniejsze konsekwencje.

Nieważne. I tak już byli w zasięgu.

— Kapitanie Hove.

Hove na wpół się odwrócił.

— Maksymalna moc — polecił.

— Cel namierzony — padła odpowiedź. — Promień ściągający osiągnął maksymalną moc.

Po emiterach na dziobie niszczyciela niczego nie było widać. W przeciwieństwie do turbolaserów, pole energetyczne promienia ściągającego nie mieściło się w zakresie fal widzialnych. Ale Beck i tak je oglądała swoim cybernetycznym okiem: stożkowaty promień sunął powoli na wpół przejrzystą, złotą falą, która nieubłaganie rozszerzała się w stronę pięciu pojazdów.

Najpierw dotarł do jednego z myśliwców TIE ścigających Sokoła. Szarpnął nim, jak gdyby smyczą. Promień odebrał maszynie prędkość i brutalnie zabrał ze sobą. Naprężenie okazało się zbyt wielkie jak na mały myśliwiec. Bliźniacze panele słoneczne po jego obu stronach odpadły niczym w zabawce, zepsutej przez rozzłoszczone dziecko. Kulisty kokpit zawisł nieruchomo, a potem wgniótł się do wewnątrz.

Kapitan Hove, stojący przy komandor, odwrócił się.

Promień przesuwał się dalej.

– Nie uciekniecie – powiedziała Beck.

– Jeśli złapią nas promieniem ściągającym, to już po nas – stwierdził Ematt. – Nie mogę im pozwolić, żeby mnie wzięli żywcem, rozumiecie?

– Nikogo z nas nie wezmą – odparł Solo z dużą większą pewnością w głosie, niż ją naprawdę czuł.

Chewie odetchnął głośno i szybko przeniósł zasilanie z silników na osłony. Po raz drugi wyciągnął splot kabli i wetknął go w inne gniazdko.

– Pracuję nad tym – odparł Han i jeszcze raz kliknął na komunikator. – Delia, razem z Curtisem wchodźcie w atmosferę, będziemy was osłaniać. Ile wam zostało do skoku?

– Jeszcze piętnaście sekund – odparł Curtis.

Panna Fortuna ostro przechyliła się na sterburtę, a Solo zakręcił Sokołem, zmniejszając odległość między nimi a lecącymi pośrodku myśliwcami. Ostatni z TIE-ów ścigających Sokoła odpadł gwałtownie. Na wstecznym monitorze Han zobaczył, że maszyna podzieliła los swojego towarzysza, rozerwana na strzępy promieniem ściągającym. Poczuł, jak robi mu się dziwnie słabo i coś ściska go w dołku. Nie kochał Imperium, ale taka ofiara, ochoczo składana z pilotów imperialnych myśliwców, byle tylko dopaść Sokoła i Pannę Fortunę, przekraczała swoją bezwzględnością wszystko, co do tej pory oglądał. Ten, kto dowodził na Zaciekłym, chciał ich dostać za wszelką cenę.

Chewie wydał ciche, żałosne szczękniecie. Solo nawet się nie odezwał. On i Wookiee myśleli teraz o tym samym.

Panna Fortuna przyspieszała, mocniej przyciągana grawitacją Cyrkona. Pozostałe myśliwce nadal odważnie leciały w ślad za nią. Za nimi zbliżał się Sokół. Solo usłyszał, że Ematt składa się do strzału, więc odrobinę szarpnął sterem, żeby obie wieżyczki uzyskały czystą linię prowadzenia ognia. Komputer celowniczy zaczął popiskiwać z wolna, a potem coraz szybciej, kiedy myśliwce wchodziły w zasięg. Zadźwięczał głośno, sygnalizując namierzenie. Sokół zadrżał delikatnie, gdy obie wieżyczki wystrzeliły jednocześnie i ładunki z turbolaserów połączyły się u celu, uderzając w kulistą kabinę myśliwca. Pojazd rozprysnął się jak przekłuty balon, odłamki metalu poleciały we wszystkie strony.

— Wyłączyć broń — rzucił przez ramię Solo. — Chewie, przenieś całą moc na silniki i bądź gotowy, żeby je odciąć.

— Pełna moc nie wystarczy, żeby uciec promieniowi ścigającemu — zauważył Ematt.

– Wiem, co robię.

Solo raptem zahamował. Statkiem szarpnęło, silniki zaprotestowały z jękiem, a cały pojazd zadrżał i zajęczał, zwalniając gwałtownie.

– Odcinaj – polecił Solo.

Chewbacca się nie wahał. Uniósł długie ramię i wyłączył nad głową rząd przełączników odcinających zasilanie. Sokół nagle umilkł, silniki powoli zgasły. Wciąż pędzili przed siebie, bo na statek działały jeszcze rozpęd i grawitacja Cyrkona, ale już zwalniali, i to szybko. Planeta była coraz bliżej.

– Delia?

– Pięć sekund.

Solo spojrzał znowu na czujniki i delikatnie przesunął ster, poprawiając kurs, jakim Sokół zbliżał się do planety. Byli już w wewnętrznych warstwach atmosfery. Widział, jak zaczyna delikatnie migotać dookoła kokpitu.

– Mam nadzieję, że wiesz, co robisz – odezwał się Ematt.

– Zawsze wiem, co robię – skłamał Solo.

– Co oni robią? – dopytywała się Beck.

– Nie jestem pewien, pani komandor. – Hove zerknął przez ramię. – Mamy już ten statek?

– Mamy problem z domknięciem – wyjaśnił oficer przy promieniu ściągającym. W jego głosie wyraźnie słychać było wahanie. – Zakłócenia ze strony grawitacji planety. Promień się ześlizguje.

– Podprowadź nas bliżej – poleciła Beck.

Hove się zawahał, potem skinął głową. Drugi statek, Panna Fortuna, wciąż znajdował się poza zasięgiem, ale Beck mogła to jakoś przeżyć. Ematt był na pokładzie Sokoła Millennium, więc to jego chciała. To jego zamierzała przechwycić. Pannę Fortunę i jej załogę mogła wyśledzić i ukarać kiedy indziej, bo w zasięgu znaleźli się przypadkowo. Prawdziwy łup stanowił Sokół Millennium. Właśnie ten frachtowiec i właśnie ta załoga.

Gwiezdny niszczyciel kontynuował pościg. Cyrkon coraz bardziej przesłaniał widok, przykryty oparami trującej atmosfery. Panna Fortuna unosiła się, wykorzystując grawitację planety, żeby pomknąć z powrotem w kosmos. Za to Sokół wszedł teraz w lot nurkowy, jakby jego kapitan postanowił wbić się statkiem w powierzchnię Cyrkona. Kadłub małego frachtowca na pewno ulegał teraz olbrzymim naprężeniom, z pewnością większym niż na pierwszy rzut oka w ogóle powinien wytrzymać. I chociaż stale się do niego zbliżali, Beck czuła, że robią to niewystarczająco szybko.

– Dokąd oni lecą? – zapytał Hove.

Sokół Millennium, złapany gdzieś między swobodnym spadaniem a słabnącym chwytem promienia ściągającego, trząsł się i podskakiwał. Atmosfera wokół niego gęstniała. Na dole zaczynały się już wyłaniać odległe zarysy kopuły Motok. Solo przesunął delikatnie stery i żeby skorygować kąt opadania, zaryzykował użycie silników wykorzystywanych przy lądowaniu, niezależnych od stygnących już silników głównych.

– Delia...
– Wznosimy się... Już jest, jesteśmy gotowi!
– To na co czekacie? Ruszaj!
– Han...
– Delia, przestań gadać! Ruszaj!
– Następna kolejka na koszt firmy... – powiedziała Delia Leighton.

Komunikator ucichł. Nie pojawiały się żadne zakłócenia, wyłącznie ciężka cisza. Chewie sapnął i poprawił łapy na sterze. Panna Fortuna zniknęła z czujników, mknąc w nadprzestrzeń. Przez kilka sekund w kokpicie panowała cisza.

– Czy twój plan to rozbić się teraz o Motok? – zagadnął Ematt bardzo swobodnym tonem.
– W zasadzie nie – odparł Solo.

– Telemetria pokazuje, że zbliżają się do stolicy.
– Ściągnąć ich z powrotem – poleciła Beck.
– Staramy się, pani komandor. – Oficer obsługujący promień uniósł ku niej wzrok z boksu sterowni, spoglądając bezradnie. – Nasz uchwyt ich nie utrzyma. Przy takiej odległości niczego więcej nie zdołamy zrobić.
– To podlećmy bliżej!
– Chyba pani nie chce za nimi wlatywać w atmosferę? – zapytał Hove.
– Chcę, jeśli będzie trzeba.
– Pani komandor, jeśli bez precyzyjnego domknięcia spróbujemy teraz ściągnąć ich promieniem w atmosferze... to

promień się rozpierzchnie. Nałoży się na nią. Szkody, jakie wyrządzi planecie, mogą być olbrzymie.

— Jeśli tak będzie trzeba.

— Zniszczymy kopułę — powiedział Hove. — Pani komandor, rozedrzemy osłonę Motok. Zniszczymy miasto.

I wtedy Beck zrozumiała. Pojęła, co Han Solo i Chewbacca robią, odkryła ich ryzykowny plan. Zaciekły mógł podążyć za Sokołem ku powierzchni Cyrkona, mógł ich zatrzymać, mógł ich ściągnąć promieniem. Ale równocześnie spowodowałby, że Motok stałoby się niezdatne do zamieszkania. Ludność miasta zostałaby zdziesiątkowana, a wszystko na oczach milionów świadków, mieszkańców tej planety, którzy zobaczyliby gwiezdny niszczyciel nad swoimi głowami, a nie dostrzegliby maleńkiego frachtowca YT-1300, ściąganego promieniem. Ci, którzy nie umarliby wskutek wystawienia na działanie toksycznej atmosfery, wiedzieliby jedynie, że Imperium zniszczyło ich dom. To właśnie by zapamiętali. O tym tylko by mówili. Nawet przy całej kontroli, jaką Imperium sprawowało nad mediami, wieści by się w końcu rozeszły. Część z tych, którzy by je poznali, zażądałaby wyjaśnień, a jeszcze więcej zażądałoby zemsty. A wśród nich znaleźliby się tacy, którzy zaczęliby działać.

Niektórzy zostaliby rebeliantami.

Hove czekał na jej rozkaz. Cały mostek, cały Zaciekły czekał na jej rozkaz. Komandor myślała o tamtym frachtowcu, o Sokole Millennium i jego załodze — trójce przeciwstawiającej się potędze Imperium. Frachtowiec wyglądał, jakby ledwie mógł latać. Jednak zdołał uciec myśliwcom TIE i potem tak manewrował, ślizgając się na jałowym ciągu, żeby ją sprowokować – właśnie ją – żeby go schwytała kosztem uczynienia całego świata wrogiem Imperium Galaktycznego.

Bez słowa odwróciła się na pięcie i rozpoczęła długi przemarsz między boksami sterowni, kierując się w stronę windy. Miała świadomość, że odpowiedzialność za tę porażkę ponosi tylko i wyłącznie ona sama.

Sokół zadrżał i nagle już nie tyle się ślizgał, ile po prostu zaczął spadać. Motok pod nimi rósł gwałtownie.

– Chewie, silniki! – Solo jedną ręką szarpnął ster, a obiema stopami mocno wdusił pedały silników lądujących. Machnął wolną ręką, łapiąc główny przełącznik generatorów poduszki grawitacyjnej, i ją uruchomił. Statek jęknął i zaskrzypiał, gdy jego kadłubem zaczęły szarpać liczne naprężenia.

– Nadal spadamy – zauważył Ematt.

– Chewie, silniki!

Wookiee zawył, walnął pięścią w pulpit. Z tyłu statku rozległ się zgrzyt, który ucichł, potem rozległ się ponownie, potem znowu ucichł, tym razem z żałosnym kaszlnięciem.

– Nadal spadamy.

– Wiem!

Motok zbliżał się coraz bardziej, i to szybko.

– Otwórz kolektor głównego napędu!

Wookiee jeszcze raz walnął w pulpit, tym razem po uderzeniu zostało wyraźne pęknięcie. Następnie sięgnął obok Solo i przekręcił jeden z większych uchwytów wystających ze ściany. Silniki sapnęły, znowu zgrzytnęło.

– Nadal...

– Powiedz to jeszcze raz, a wysiadasz i dalej idziesz na piechotę.

Solo wychylił się gwałtownie z fotela, o mało nie zderzając się z Wookieem, który wykonał podobny ruch, tylko w przeciwnym kierunku.

– Chewie, ręczny restart, na trzy. Raz... dwa... trzy...

Obaj szarpnęli równocześnie za swoje dźwignie. Silniki zakasłały, zaprotestowały, potem nagle ryknęły. Pilot i drugi pilot wyprostowali się, każdy chwycił swoje stery, potem za nie pociągnęli. Motok, już przerażająco bliski i coraz większy, wyglądał, jak gdyby rozszerzał się pod nimi. Dziób Sokoła zadarł się, a Solo przysiągłby, że spód frachtowca musnął kopułę, gdy wyrównywali kurs i zaczynali się wznosić. Zwiększył ciąg i usłyszał, jak silniki Sokoła odpowiadają śpiewem. Po chwili znowu oglądali gwiazdy, a niszczyciel znalazł się zbyt daleko, żeby ich dosięgnąć promieniem ściągającym. Alarm ostrzegał o zbliżaniu się kolejnych myśliwców TIE, tym razem dwunastu, ale teraz to już nie miało znaczenia. Han uśmiechnął się szeroko i sięgnął ręką do dźwigni hipernapędu. Drugą dłonią pogłaskał bok najbliższego z pulpitów.

– Już mnie tak więcej nie strasz, dziecinko – powiedział i z wyczuciem pchnął dźwignię.

Sokół Millennium skoczył, zabierając ich w nadprzestrzeń – i ku bezpieczeństwu.

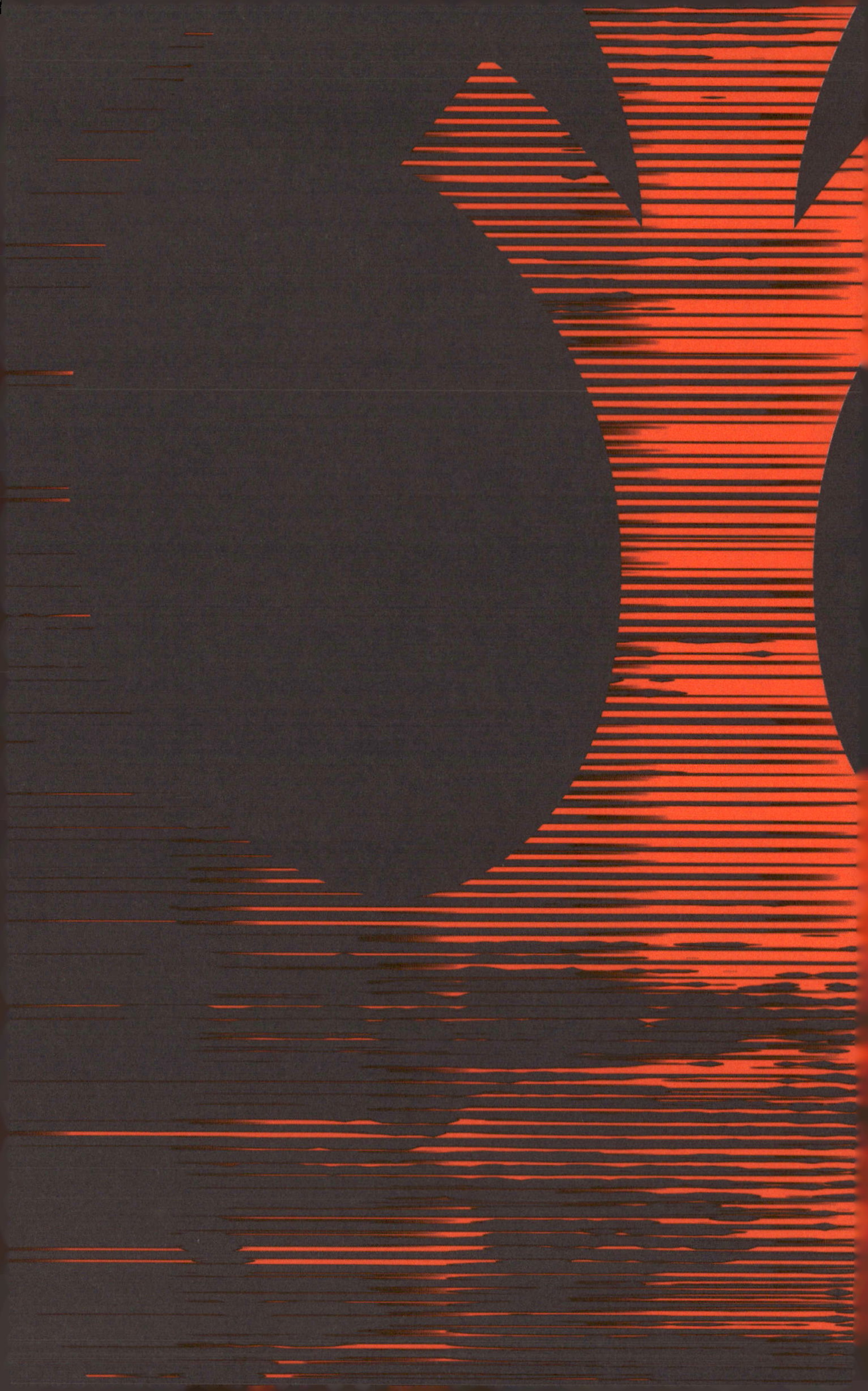

EPILOG

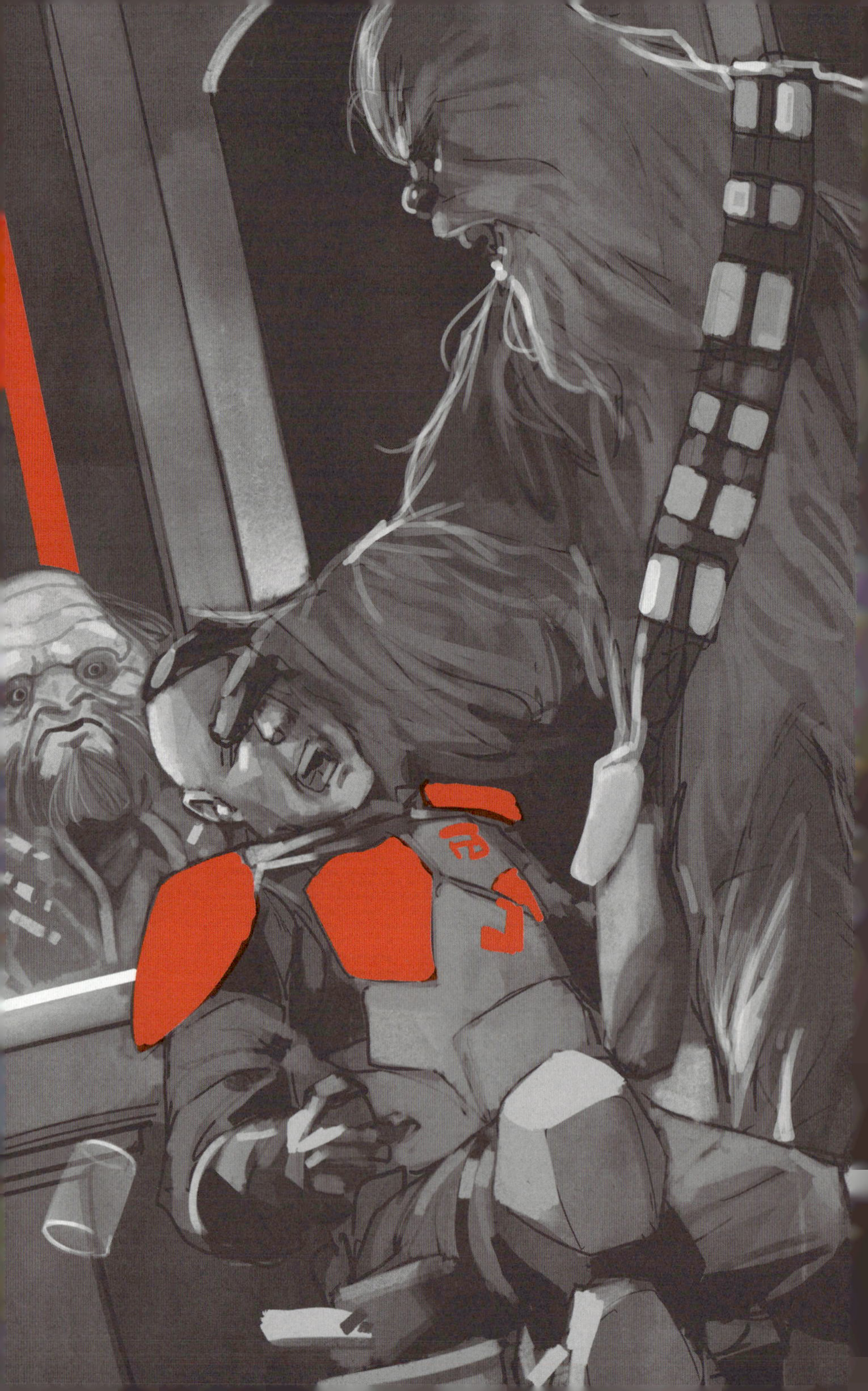

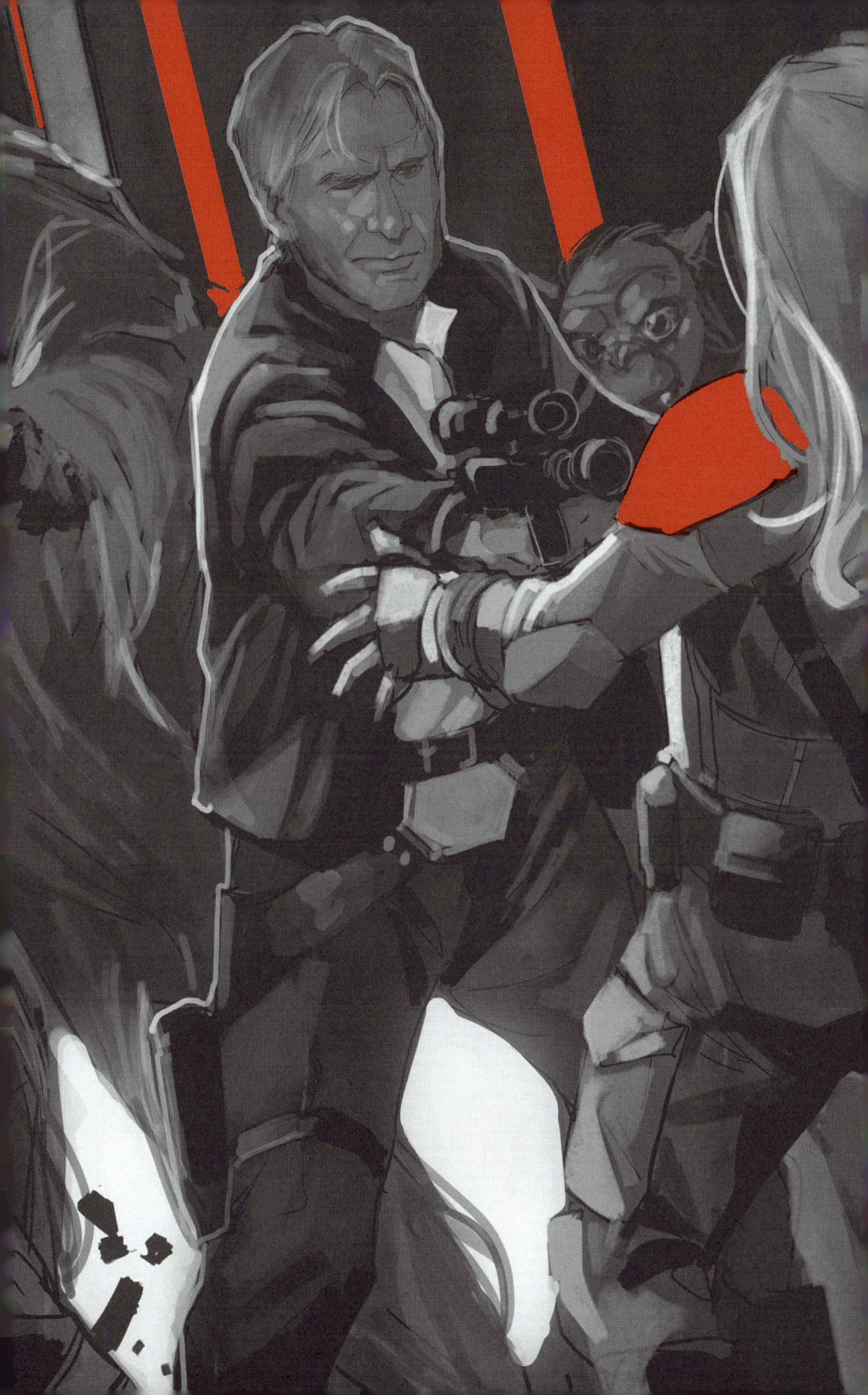

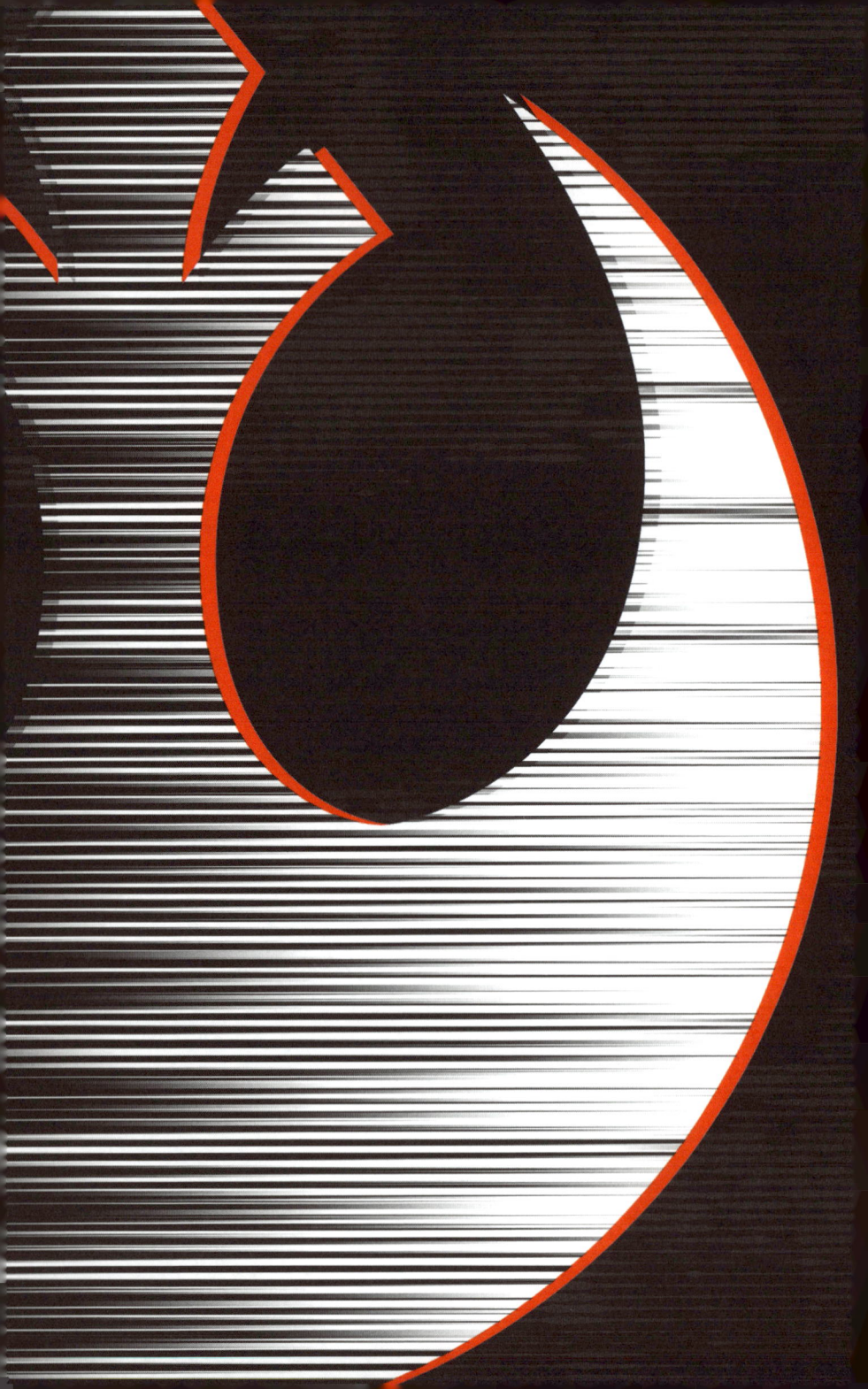

CO DALEJ…? – zapytała kobieta.

Stary mężczyzna przechylił głowę, zerknął na trójkę siedzącą przy stoliku, która właśnie wysłuchała jego opowieści, potem znowu skupił wzrok na kobiecie. Palcem wskazującym potarł bliznę na podbródku.

– I co dalej? – powtórzył. – Uciekli. Ematt zabrał ich na umówione miejsce spotkania, Rebelia wciąż przybierała na sile. Słyszeliście o bitwie na Hoth, prawda? To wszystko się działo kilka lat przed nią. Wciąż jeszcze daleko było do Endoru i tego wszystkiego, co się potem wydarzyło.

– To największy stek poodoo, jaki kiedykolwiek słyszałem – stwierdził Strater. Przez złość jego głowa nabrała kolorów, a wytatuowana na niej Twi'lekanka wyglądała teraz jak poparzona słońcem.

Stary mężczyzna wzruszył ramionami.

– W galaktyce tak już jest, że prawd jest tyle, ile gwiazd. Mój stary znajomy zwykł był mawiać, że prawda zależy głównie od punktu widzenia. Mój chłopcze, prawda to nie to samo co fakt. Wierzy się w to, w co się chce uwierzyć.

— Nigdy nie słyszałam o Cyrkonie. — Kobieta skrzyżowała ramiona, wydawała się zirytowana.

Stary mężczyzna znowu wzruszył ramionami. Jego szklanka była już pusta, więc ją odsunął. Kiedy ponownie uniósł wzrok, spostrzegł, że wpatruje się w niego przysadzisty. Starzec uznał, że to pewnie ich przywódca. Przez całą opowieść ani razu się nie odezwał. Gdy stary mężczyzna zaczął opisywać ucieczkę z Motok, spojrzenie przysadzistego zdawało się błądzić po barze. Patrzył na klientów, na barmankę, a nawet na bramkarza. Od tamtej pory ręce miał schowane pod blatem. Jednak teraz stary mężczyzna ponownie przykuł jego uwagę.

— Tutaj jest wszystko jak w tej historii — zauważył przysadzisty. — Naprawdę, mnóstwo niesamowitych i zaskakujących zbiegów okoliczności.

— Hej, właśnie — zauważył Strater. — Opowiadałeś o barze, który jest na statku stojącym w porcie, a my przecież jesteśmy w barze na statku stojącym w porcie.

Kobieta spojrzała w stronę wyjścia z ładowni i przez chwilę patrzyła na bramkarza.

— A przy drzwiach stoi ochroniarz, który akurat jest Shistavanenem. Oczywiście.

— A za barem stoi ruda kobieta.

Stary mężczyzna milczał. Sam już od pół godziny trzymał dłoń pod stołem, a teraz jego palce zaczęły obejmować uchwyt ciężkiego blastera w kaburze na biodrze.

– Mogli zmienić nazwę – odezwał się Strater.

– Ty idioto... – Przysadzisty nie spuszczał wzroku ze starego mężczyzny, jednak ewidentnie odpowiadał teraz swojemu wytatuowanemu towarzyszowi. – Jasne, że zmienili nazwę. Szczęśliwy Traf. On nawet mówił, co ta nazwa znaczy w starym języku Durosów.

Spojrzenia starego mężczyzny i przysadzistego spotkały się, a potem starzec zerknął ponownie nad jego ramieniem. Uśmiechnął się.

– Dobra, to od kogo jesteście? Chłopaki Irvinga? Guavianie? A może Ducain? Stawiam na Ducaina. On zawsze oszczędzał na najemnikach.

Nastała chwila ciszy przed kosmiczną burzą. Przysadzisty ruszył pierwszy, jego dłonie znowu zjawiły się nad stołem, w każdej trzymał blaster. Pół ułamka sekundy później kobieta szarpnęła rękojeść wiszącego na plecach wibrotopora i włączyła jego aktywator, podsuwając mężczyźnie broń pod gardło. Topór zabuczał, a starzec poczuł tuż przy skórze, a także w swoich zębach rozchodzące się wokół szybkie drżenie prawie niewidocznej wibracji ostrza. Strater okazał się najpowolniejszy. Wysupłał broń ostatni, jeszcze mocniej pąsowiejąc ze złości przez to, że wyszedł na głupca.

– Solo – stwierdził przysadzisty.

– Możesz z tym bardziej uważać? – Han Solo wolną ręką delikatnie nacisnął rękojeść wibrotopora, starając się odsunąć ostrze od gardła. – Jeszcze kogoś skaleczysz.

Kobieta milczała, topór w jej rękach nawet nie drgnął.

— Naprawdę — powiedział Solo.

Przysadzisty oparł łokcie o stół, każdym z blasterów celując teraz Hanowi prosto w twarz. Mówił spokojnie, zrelaksowany, najwyraźniej pewien, że ma sytuację pod kontrolą.

— Chcemy statku — rzucił. — O to nam właśnie chodzi. Oddasz nam Sokoła, a my może pozwolimy ci spokojnie odejść.

Solo się uśmiechnął. Zauważył, że krzywi usta w takim uśmieszku, jaki nie pojawiał się na jego twarzy już od lat.

— To kiepski układ, nie uważasz?

— To najlepszy układ, jaki możesz z nami mieć, staruszku.

Solo ocenił dystans między wibroostrzem a swoim gardłem. Uznał, że nie warto ryzykować skrócenia o głowę.

— Nie sądzę. Myślę, że mam kontrofertę.

— Nie masz nic, o co mógłbyś się targować.

Wtedy zza baru Delia Leighton powiedziała:

— On ma to.

Han się nie odwrócił, żeby zobaczyć, co robi Delia, ale wcale nie musiał tego robić. Panna Fortuna, owszem, przez ostatnich trzydziestu lat z hakiem raz, może dwa, a może i kilka razy zmieniała nazwę. Stracił już rachubę. I może też gdzieniegdzie pojawiły się pewne ulepszenia — nowa kelnerka zamiast poobijanego droida, nowa farba — jednak kilka rzeczy pozostało takich samych. Drinki wciąż były tu za drogie, jednak mocne i nalewane hojnie. Drzwi nadal pilnował Curtis, o ile wejście do ładowni można w ogóle nazwać drzwiami.

A za barem stała Delia Leighton ze swoim scattermasterem pod ręką.

— Jeśli strzelisz, to jego też trafisz — ostrzegła ją kobieta.

— Nic nie szkodzi — odparła Delia. — Nie zapłacił rachunku, więc w taki sposób się rozliczymy.

— Słuchaj — powiedział Solo. — Wszystko zapłacę.

Przysadzisty zgrzytnął zębami.

— Blefujesz.

— Nas jest troje, a was dwójka — zauważył Strater.

— Policz jeszcze raz — odparł Solo.

— Myślisz, że zapomnieliśmy o ochroniarzu? On nie zdąży podejść.

Solo znowu potrząsnął głową, czując, jak prąd powietrza z topora łaskocze go w brodę.

— Wszyscy zapominają o jednej rzeczy dotyczącej Wookiech — powiedział. — Pamiętają, że oni są bardzo silni. Pamiętają, że są nerwowi. Pamiętają, może, że pochodzą z Kashyyyku. Ale nie pamiętają o jednej rzeczy.

Przysadzisty zerknął na swoich towarzyszy. Teraz już było po nim widać, że się denerwuje. Poprawił palce na broni.

— Niby o czym? — zapytał.

— Że w razie potrzeby umieją być bardzo, bardzo cisi — wyjaśnił Solo. — Prawda, Chewie?

Wookiee, który już od kilku sekund stał za krzesłem przysadzistego, teraz ryknął. Jednym płynnym ruchem złapał mężczyznę za ramiona, bez trudu uniósł go z krzesła i cisnął w stronę Curtisa i drzwi. Solo skorzystał z okazji, żeby wolną ręką chwycić trzonek wibrotopora i odepchnąć go od szyi, a drugą ręką wycelował blaster w głowę kobiety. Strater spróbował się podnieść, ale Chewie po prostu walnął go wielką łapą w wytatuowaną głowę i tak wcisnął go z powrotem na miejsce.

Solo wyrwał wibrotopór z dłoni kobiety, odrzucił go, a potem sięgnął do jej kabury na boku, wyjął stamtąd blaster i wysłał w ślad za toporem. Tymczasem Wookie zdążył już rozbroić Stratera. Solo odsunął krzesło i wstał.

– Powiedzcie Ducainowi, powiedzcie Chłopakom Irvinga, powiedzcie im wszystkim, że się ich nie boimy.

Kobieta spojrzała na niego wściekle.

– O, tak – zauważył Han. – Wiesz, że masz w sobie coś z komandor Beck? – Odwrócił się w stronę Delii. – Dzięki za drinki, pani kapitan.

– Wciąż nie zapłaciłeś rachunku.

Chewbaccca zachichotał. Solo wydawał się urażony.

– Przecież mówiłem, że wszystko zapłacę.

– Słyszę to już od dawna.

Szmugler schował blaster do kabury i rozejrzał się po barze. Przysadzisty był nieprzytomny, Curtis właśnie wynosił go za drzwi. Strater i kobieta patrzyli na niego spode łba.

– Delia, przy najbliższej okazji. Obiecuję.

– Trzymam cię za słowo.

– Chodźmy, Chewie.

Ruszyli w stronę wyjścia, ramię w ramię, Korellianin i olbrzymi Wookiee. Zeszli po rampie, gdzie Curtis właśnie otrzepywał łapy. Przysadzisty leżał pod ścianą.

– Chwilę – odezwał się Curtis. – A co się stało z Beck?

– Opowiem następnym razem – odpowiedział Solo.